現代女性作家読本　⑪

江國香織

KAORI EKUNI

現代女性作家読本刊行会　編

鼎書房

はじめに

本現代女性作家読本シリーズは、二〇〇一年に中国で刊行された『中日女作家新作大系』（中国文聯出版）全二〇巻の日本方陣に収められた十人の作家を対象とした第一期全十巻を受けて、小社刊行の『現代女性作家研究事典』に収められた作家を中心に、随時、要望の多い作家を取り上げて、とりあえずは第二期十巻として、刊行していこうとするものです。

しかし、二十一世紀を迎えてから既に十年が経過し、文学の質も文学をめぐる状況も大きく変化しました。それを受けて、第一期とはやや内容を変え、対象を純文学に限ることをなくし、幅広いスタンスで編集していこうと思っております。また、第一期においては、『中日女作家新作大系』日本方陣の日本側編集委員を務められた五人の先生方に編者になっていただき、そこに付された解説を総論として再録するかたちのスタイルをとりましたが、今期からは、ことさら編者を立てることも総論を置くこともせずに、各論を対等に数多く並べることにいたし、また、より若手の研究者にも沢山参加して貰うことで、柔軟な発想で、新しい状況に対応していけたらと考えています。

既刊第一期の十巻同様、多くの読者が得られることで、文学研究、あるいは文学そのものの存続のための一助となれることを祈っております。

現代女性作家読本刊行会

目次

目 次

江國香織

「草之丞の話」――〈つめたいよるに〉風太郎の〈話〉――髙根沢紀子

「草之丞の話」は、昭和六十二年に「はないちもんめ　小さな童話大賞」（「毎日新聞」昭62・6・25掲載）を受賞し、その後、『つめたいよるに』（理論社、平元・8）に収録された。作品は、〈江國文学の原点〉（野上暁「解説　多様化する子どもの文学」講談社文芸文庫編『日本の童話名作選　現代篇』講談社文芸文庫、09・12）と評され、江國自身も〈バイエル〉（「本人自身による全作品解説」「月刊カドカワ」94・4）とする、江國文学を語るうえで重要な作品である。

「草之丞の話」は、〈作品の新しさ、ふくらみ、飛躍的な傑作〉、〈一見とぼけたユーモアは、子どもの文学には得難い才能〉（山下明生「小さな童話大賞」選評）であると高く評価される一方で、父親が幽霊だという話は、〈僕（風太郎）の〈捏造〉（安田正典「作品解説」『高等学校　新編国語総合　改訂版　指導資料③　現代編二小説』三省堂、06）だとする、ある意味作品そのものを否定するような読みまでされている。

確かに、父親が幽霊というのは突拍子もない設定で、それは〈童話〉だから〈子どもの文学〉だからいいのだ、ではすまされないのかもしれない。思春期の風太郎にしてみれば、いままでいなかった父親が突然現れるといった状況は、相手が幽霊でなくともすんなり受け入れられるものではなく、寧ろ反発するほうが自然かもしれない。だとすれば、この話の読者が風太郎と同じような歳であることが〈物語により入り込みやすくなるはず〉（安元香織「江國香織の「児童文学」と「大人の文学」との境界」「日本文学誌要」09・7）とばかりは言えないだろう。

しかし、母親のれいこは、息子の目からみても〈女学生のよう〉で〈天真爛漫〉な性格であることが語られ、風太郎もその影響を受けてか〈のんき〉で、また〈闊歩〉・〈ぶっちょうづら〉・〈やぶからぼうに〉というようなたらと古風な言葉を使い、父親が幽霊であるという衝撃の事実にさほど慌てることもなく、寧ろ温かな目で両親を見ている。この話を語る風太郎の語り口が、読者にこの設定を違和感なく受け入れさせているのだ。もちろん風太郎は、すべてを受け入れているわけではない。れい子のことは〈かあさん〉（〈おふくろ〉）と呼ぶが、草之丞のことは《おとうさん》とは呼ばず、つねに〈草之丞〉と呼ぶ。〈これが草之丞だった。〉と結ばれる〈草之丞の話〉は、《おとうさん》の話ではなく、あくまで一人の男の話として、距離感を保っている。

ところで、草之丞は、なぜこのタイミングで現れ、このタイミングで去るのだろうか。この話は〈世間知らずで泣き虫で、夜中に一人でトイレにも行かれないおふくろが、いったいどうして女手一つで、これまで僕を育ててこられたのか、ふしぎには思っていた。〉という風太郎の疑問の解消にはなっている。しかし、なぜこの時期に疑問が解消されることになるのだろうか。

〈話〉は、風太郎が十三歳の五月、中学校をさぼっている時に〈おふくろ〉を見かけ、後をつけるところから始まる。七月の日曜日、庭で話す草之丞に会い、父親だと告げられ、十月、おふろに入り親子の会話をし、十二月、クリスマスを三人ですごす。しかしそこで草之丞はもう二人の前に姿を現さないことを宣言し、玄関から去っていく。草之丞が母親と息子を常にたすけてきたのならば、最初から息子の前に姿を現していてもよかったはずだし、出られない事情（幽霊だから、父親として社会で機能しない）があったとしても、ずっと姿を現さないという選択もあったはずである。

なぜ、〈今〉か。それは風太郎の〈十三歳〉という年齢にこそ意味があるだろう。草之丞は息子に元服の儀式〈奈良時代以降、男子が成人になったことを示す儀式。ふつう、11～16歳の間に行われる〉『大辞泉』）をするために現われたのだ。つまり、この物語は大人になるための通過儀礼の場面なのだ。〈元和八年五月七日〉（一六二二年。徳川秀忠、家光のころ）が命日の〈正真正銘のさむらい〉である草之丞にしてみれば、この時期にこそ意味があったのだ。作品には〈護られる存在から護るべき人を身近に持った少年へと心を成長させた、「少年の心の成長」という児童文学的テーマが見出せる〉（安元）との指摘があるが、〈児童文学的テーマ〉というよりも前に、草之丞はその儀式のために現われ、大人たる資格があるのを息子に認めたからこそ〈「では、さらば」〉と去っていったのだから、その意味で〈さむらい〉という設定が突拍子もない〈ユーモア〉だけで片付けられない、物語の要請があったとすべきだろう。だからこそ、風太郎は〈今〉でも一人の男として草之丞に対峙し、草之丞を《おとうさん》とは呼ばないのだ。

ではなぜ、〈草之丞の話〉から何年かはすぎているだろう〈今〉、語られるのだろうか。安田正典はその問題を取り上げ、現実の父親に関するきびしい事実から、〈二十歳過ぎた青年〉になっても〈架空の父の話〉を〈捏造しなければならな〉かったのだと〈想像〉している。〈草之丞の話〉は、〈「ぼく」が「ぼく」自身のために作り出した夢のお話〉なのだと。しかしそれでは、〈草之丞の話〉は、父のいない息子が自分を守るためにつき続けた〈嘘〉だということになるし、毎年あじをお供えする母親はちょっと頭のおかしい人ということになってしまう。その点について安田は〈これはつく必要のない嘘であり、バレバレの嘘、ユーモアなのである。語り手は舌を出しているのだ。〉と、〈こうした屈折した読み方もまた、かなり特殊で高度ではあるものの、小説の一つの楽しみ方よしてあってよいはずである。〉としているが、なぜ、それが〈ユーモア〉になるのだろうか。またもし〈草之丞の話〉が風太郎の〈想像〉ならば、〈話〉は〈僕〉の心に暗い闇を映していることになる。しかし、〈話〉

はどこまでも〈のんびり〉としており〈天真爛漫〉である。

結びの〈これが、草之丞の話のすべてである。しかし、おふくろは今でも毎年、五月になるとあじをかかえて、八百屋の前で手をあわせている。〉と結ばれる意味、〈今〉語る意味は、〈「風太郎、今度はそなたの番だ」〉と母をまかされた風太郎が、草之丞との約束のとおりに母を見守っている姿を読む者に〈想像〉させる。やはり、作品に描かれたのは風太郎の成長であり、〈草の丞の話〉を語る風太郎の〈話〉である。また、たとえ子どもが気づいていなかったとしても、目に見える親がいなかったとしても、その成長が両親に支えられているということを示す、とても温かい〈話〉となっているのだ。

「草之丞の話」は突飛に見えても、少年少女を視点とし、少年少女の成長を描いている、謂わば児童文学の典型ともいえる作品であるが、その真の〈ユニーク〉さは、〈大人の童話〉（『草之丞の話』旬報社、01・8）という性質も合わせもっている点にあるだろう。〈九〇年代に入ると、大人の文学との隔壁がにわかに崩れてい〉き〈「草之丞の話」は、それを予兆させる〉（野上）との指摘もある。風太郎の語った〈話〉は、草之丞とれい子の切ない恋愛の〈話〉としても読めるからだ。

大人と子どもの文学の境を無化している一つの要因は《死》の存在であろうか。『つめたいよるに』に収録されたほかの作品にも、共通するのは《死》である。「草之丞の話」の幽霊は、収録作「デューク」と同様〈怖い幽霊ではなく心やさしい幽霊〉で〈「僕」のおふくろを守護神のように守っている。ここでも生と死の境は大きくない。「僕」もおふくろも死に親しい気持、懐かしい感情を持〉（川本三郎「解説」『つめたいよるに』新潮文庫、96・6）ち、《死》がつきまとう物語は、どこか〈つめたいよる〉の雰囲気をもちあわせながら、しかし温かく、そこに〈今〉もなおある、やさしさ・なつかしさを描いている。

（立教女学院短期大学講師）

『綿菓子』――児童文学の広がりと恋愛幻想への視点――

遠藤郁子

『綿菓子』は、一九九一年二月に理論社から刊行された。表題作『綿菓子』のほか、『絹子さんのこと』、『メロン』、『昼下がり、お豆腐のかど』、『手紙』、『きんのしずく』の六編が収められている。

表題作『綿菓子』は、〈今朝、夢をみた〉という一文で始まる。この冒頭部は、「ユリイカ」（85・3）の「今月の作品」欄に詩として投稿され、江國香織の作品の中では活字になった最初のものである。一般にデビュー作とされる『桃子』（「飛ぶ教室」第18号、86・5）発表の約一年前に当たる。その意味では、『桃子』と並び、江國文学のスタート地点として、非常に重要な作品と言えるだろう。本論では、デビューの舞台となった雑誌「飛ぶ教室」という児童文学のフィールドとの関わりから、作品の位置づけについて考えてみたい。

雑誌「飛ぶ教室」は〈児童文学の冒険〉というサブタイトルのもとに、一九八一年十二月に創刊された。〈創刊のことば〉には、〈いま、子どもの本を考える視座というものが、大きく変わっている〉とあり、〈わたしたちは、そうした状況の変化――ひろがりとふかまりを見すえて、子どもの本と教育の現場、大人と子ども、いわゆる大人の文学と子どもの文学といったいくつかの世界にまたがる視野から、新しい児童文学の総合誌の創刊を考えました〉と述べられている。八十年代には、このように児童文学を読む大人の読者の拡大が意識され、大人の文学と子どもの文学というジャンル分けに囚われない児童文学の創造という方向性が、考えられる状況が存在していた。そして、その方向性は「飛ぶ教室」創作募集にも維持された。第9号（84・2）の募集告知には〈子どもも読める、大人も読める、そしてお互いにおもしろい、楽しい（略）そういう作品を待っています〉というメッセージが添えられている。子どもと大人の両方が読める作品、というのが「飛ぶ教室」のスタンスであり、この雑誌と関わりの深い江國文学の出発点もそこに見出せる。『桃子』入選後、江國は毎号のように「飛ぶ教室」に登場するようになり、『綿菓子』所収の六編のうち、表題作『綿菓子』は「飛ぶ教室」第28号（88・11）、『絹子さんのこと』は第29号（89・2）、『メロン』は32号（89・11）に発表された。

『綿菓子』所収の六編は、すべて、みのりという少女の一人称視点で語られた連作である。小学校六年のみのりは、姉の恋人だった次郎に思いを寄せ、〈次郎くんは三年間もお姉ちゃんのボーイフレンドだったのに、お姉ちゃんは急にお見合いをして、それから半年もしないうちに結婚してしまった〉と、結婚した姉を内心で激しく責めている。その反感から、みのりは〈結婚じゃなく、はげしい恋に生きよう〉と心に決めるのである。そして、そんなみのりの初恋は、中学一年生になってから、次郎との偶然の再会によって動き出す。次郎の部屋を訪ねたみのりは、次郎から口移しでコーヒーを飲まされる。

次郎くんの顔が近づいて、右手が肩に、左手が頭のうしろにのびてきて、その瞬間私は全身が硬直し、目をきつくつぶった。次郎くんのやわらかい唇は、ゆっくりと私の唇をおしひらき、そこから金色の液体が流れこんできた。目をあけなくてもわかる。確かに金色だったのだ。

発表当時、この結末部について、小沢正の「時評」（「図書新聞」91・4・13）は、〈「お嫁なんかにはいかないわ」と言っていた少女が男から口移しでコーヒーを飲まされるや、たちまちウットリというのが江國氏の場合の結末。現世の少女を呪縛し続けているメルヘン的妄想の魅惑と薄気味悪さが掘り起こされていたらというのがこちらの勝手な願いだが、これでは、大人になりきれていない書き手が妄想の中で子供とじゃれあっているに過ぎない。児童文学ではこの程度ということなのかも知れないが、それではあまりにも淋しすぎる〉と批判した。小沢は同じ「時評」で、安住摩奈『GIRL MEETS BOY』（大田出版、90・1）を賞賛し、〈リアリズムの一大傑作であって単なる先端風俗のスケッチにとどまるものではないが、家出少女をはじめ、万引少女や不純異性交遊少女などの先端人種の描写が新鮮さをかもし出しているのも否定できない〉と評価をしている。従来の児童文学が描く子どもの世界と現実の子どもの世界とのずれを問題視し、児童文学に子どもをめぐる厳しい現実をリアリズムで描くことを要求する小沢の姿勢が現れた批評と言えよう。

この批評には、当時の文学潮流の別の側面も関わっていると考えられる。八十年代後半には、例えば、山田詠美『風葬の教室』（河出書房新社、88・3）が子どものいじめの陰湿な空間を描き、吉本ばなな『TUGUMI』（中央公論社、89・3）がいわゆる《少女幻想》からはほど遠い少女のあり方を描き、これまでの児童文学が描ききれなかった現代の子どもの世界、とくに、大人の子どもに対する《幻想》を打ち砕く、子どもの世界の現実を描いた文学が発表され、大きな反響を呼んだ。『GIRL MEETS BOY』を評価する小沢の視線もまた、そうした子どもをめぐる厳しい現実を見据えようとする時代潮流の延長線上にある。

しかし、子どもを描くからといって、家出や不純異性交遊といった子どもにのみ限定される現実に、現実を囲い込む必要が果たしてあるのだろうか。『綿菓子』という作品は、そうした囲い込みとはまったく別の方向性をもつことで、そうした潮流とも、従来の児童文学とも一線を画す作品になっている。

みのりの視線は、恋人がいたのに見合い結婚をした姉、祖父の恋人の存在を容認してきた祖母、たいして会話もないのに続いている母と父の関係、仲が良さそうだったのに離婚した友人の両親など、みのりには理解し難い、大人たちの夫婦関係にそそがれている。そこに、少女の視線が大人の世界を批評するという、よくある図式を読み取ることも可能かもしれない。しかし、この作品は、そうした子どもと大人の二項対立的関係を描くのではなく、大人の世界を相対化するはずの少女自身もまた、初恋によって大人の世界に取り込まれていかざるを得ない存在であるということを浮き彫りにする。その意味では、『綿菓子』には、大人の世界とともにある子どもの世界、あるいは子どもの世界とともにある大人の世界が描かれており、子どもの世界、大人の世界という区分けを無効化することで見えてくる世界を照射した作品になっていると考えられる。

次郎の口移しでコーヒーを飲んだ後、みのりは〈こんな風に好きな人にコーヒーを飲ませてもらえるのなら、女はすごくすごくいい〉と、初恋の成就ともいえそうな高揚感にひたっている。しかし、ここには同時に、〈みのりちゃんとかよちゃんはよく似てるね〉と、みのりの中に恋人だったみのりの姉の姿を見た次郎と、〈たとえお姉ちゃんのみがわりでもいい〉と考えるみのりの二人が描かれている。この状況に、果たして〈メルヘン〉は読み取れるだろうか。みのりが、小沢が言うような〈少女を呪縛し続けているメルヘン的妄想〉の外に立っていることは、この状況が明確に語っているのではないだろうか。

こうした男女関係の不安定さを、作品はその冒頭に夢という形で象徴的に描き出している。〈夢の中で、私はおばあさんになっていた。はだかんぼうだったし、とても淋しかった。そばにおじいさんがいたけれど、みたことのない人だった。ほんとに、淋しかった〉と、みのりには〈ほんとに、淋しかった〉としか表現のしようがない男女関係における他者性を、作品ははっきりと見据えている。〈メルヘン〉ではない男女の関係性がそうした淋しい関係でしかあり得ないことを見据えた上で、それでもつながろうとする意味を、『綿菓子』はみのりという少女の視線から問いかける。これは以後の江國文学で繰り返されていく問いでもある。

（東洋英和女学院大学非常勤講師）

『きらきらひかる』——性／性差／性役割を超えて——

岩崎文人

『きらきらひかる』の主人公岸田笑子ほど〈泣く〉女もまためずらしい。

たとえば、五月の早朝のベランダで、笑子は、〈片目を望遠鏡におしつけたまま、声ももらさずに涙を流して〉いる。夫の睦月が〈うしろから抱きかかえ、望遠鏡からひきはなそう〉とするが、笑子は、〈子供のように強情に、望遠鏡にしがみつ〉き、〈嗚咽を始め〉、やがて〈号泣〉する。コーヒーの一時ののち、笑子は〈また泣きだす。睦月は、笑子が〈泣きやむのを待〉つほかなかつた。あるいはまた、友人の瑞穂とその子佑太、笑子の以前のボーイフレンド羽根木とで、遊園地に行ったときのこと。ここでもまた、この遊園地行を仕組んだのが睦月であったという特別の事情があったとしても、笑子は、瑞穂たちいわば第三者の前で、〈大きな声をあげて〉〈わぁわぁ泣〉く。瑞穂が〈泣き〉やませようと〈肩をなで〉るが、笑子は〈泣きやむこと〉はなかった。

実際われわれ読者は終始〈泣く〉笑子とつきあうことになるわけだが、それにしても、〈きらきらひかる〉というタイトルが一般に喚起するイメージとその主人公が〈泣く〉女であることとの間には、かなりの径庭がある。しかも主人公の名は、〈笑子／笑う・子〉なのである。

江國香織は、この作品の「あとがき」で、「きらきらひかる」というタイトルが入沢康夫の詩「キラキラヒカル」から得たものであることを明らかにし、その詩を引用している。その終末部は次のようなものである。

〈前略〉キラキラヒカルヨミチヲ／カエルキラキラヒカルホシゾラダ／ツタキラキラヒカルナミダヲダシ／テ
キラキラヒカルオンナハナイタ

つまり、「きらきらひかる」というタイトルには、実は、〈ナミダ〉〈オンナハナイタ〉が含有されているのである。結論から言えば、『きらきらひかる』は、こうした二項対立あるいは二律背反の物語といってよい。

そのうち特立すべきは、この作品が〈アル中の妻にホモの夫〉、〈脛に傷持つ者同士〉の物語であるということである。世間一般の枠組み、〈常識的な家庭を持って常識的な生活をしている〉人々から見れば、笑子は〈ジョーシキテキなわくをこえ〉ているのであり、睦月たちホモの医者仲間は〈ノーマル〉ではない人物として描かれる。結婚の際に二人が取り交わした診断書は、笑子の〈精神病が正常の域を逸脱していない〉という証明書と睦月が〈エイズに感染していない〉という証明書である。睦月の母が笑子を認め結婚を許すのも、〈一生独身を決めこんでいたホモの息子が、やっと好きになった女性〉であり、医者という職業が所詮〈信用商売〉であり、〈いつまでも独身〉だと具合が悪いからという世俗的理由にある。逆に、笑子の父は、娘と睦月との結婚の実態、睦月と紺との関係を知ったとき、〈娘婿がおとこおんなだなんて、そんな馬鹿なこと、信じろという方が無理だ〉、〈根本的に結婚の資格がない人種だ〉と怒りで昂奮し、〈奇想天外〉、〈詐欺だ〉と睦月に迫ることになる。

こうしてみると、『きらきらひかる』は、確かに、世間的な常識と対立する夫婦の物語、という側面を有している。それだけでなく、岸田笑子という女性の存在自体が、世間的〈常識〉と対峙しているといってよい。

笑子は、〈からだはココにいるのに、ココロだけどこかにトリップしてしまったみたいな、アヤウイ感じ〉の女性として描出される。笑子の生育環境に関する情報はそれほど多くはないが、その実質を少しくくわしく見ていこう。笑子は、〈結婚でもすれば〉情緒不安定とそれにともなうアルコール中毒も治癒する、という無責任な助言もあって、七回も見合いをさせられる。睦月と見合いをするすこし前に羽根木と別れている。高校時代からの友人に瑞穂がおり、現在は、アルバイト程度のイタリア語の翻訳をしている。が、笑子が独特の個性をもって読者の前に現れるのは、壁に掛けてあるセザンヌの水彩画に描かれている〈紫のおじさん〉と会話し、〈雨降りお月さん〉や〈からたちの花〉などの童謡をうたってやる姿であり、紺から結婚祝いにもらった鉢植えの〈青年の木／ユッカエレファンティペス〉に話しかけ、それが紅茶党と信じている笑子の像である。〈紫のおじさん〉も〈ユッカエレファンティペス〉も人格化され、睦月と紺と同じ位相にいるといってよい。〈紫のおじさん〉は、笑子の歌を聴くのが好きで、一緒に飲むときは、うれしそうな顔をし、〈ユッカエレファンティペス〉は、紅茶を与えられるとうれしそうに葉を揺るがし、ベランダに出してやると、気持ちよさそうにするのだ。

言うまでもなく、こうした笑子像から帰納されるのは、家庭の人としての笑子像ではない。事実、笑子が満足にできるのは、睦月が要求した唯一の家事であるシーツのアイロンかけだけである。一方の睦月は、毎朝定時に出勤し、極度の潔癖症で、〈何もかもピカピカにしないと気がすまない〉性分でもあるのだ。

こうした二人の〈不安定で、いきあたりばったりで、いつすとんと破綻するかわからない生活〉が維持されるのは、〈妻の仕事だの夫の仕事だの、そんなのナンセンスだから気にするのはやめよう〉、〈掃除だって料理だって上手な方がやればいいのだ〉という睦月の、けっきょくは二人の考え方、生き方による。つまり、笑子と睦月は、性も、性差も、性役割も超えた、まさしく〈個〉と〈個〉の関係性による愛によって生きているのである。睦月は笑子に〈何もしてあげられない〉ことを自覚し、笑子は睦月に何も〈求め〉ず何も〈望まない〉のだ。

紺と睦月、あるいは紺と笑子の場合も同様である。それは、たとえば、紺が〈僕は男が好きなわけじゃないよ。睦月が好きなんだ〉と言い、それを聞いた笑子が〈それじゃあ私とおんなじだ〉と胸のざわつきを覚える場面でもはっきりしている。とすれば、笑子、睦月、紺三者は、女であること男であることを超えた〈生／生命〉で繋がっているのだ。したがって、睦月がかりに紺と別れれば、笑子が睦月と別れるというのもあながち虚言ではなく、笑子の願望が〈睦月の精子と紺の精子を〉〈あらかじめ試験管でまぜて授精〉させ、産まれた子供を〈みんなの子供〉とすることであることも奇異なことではない。『きらきらひかる』は、笑子と睦月が見合いした日、九月三十日を、二人の住むマンションに越してきた紺とともに祝う、という場面で閉じられる。

これがこの小説のおおよそのあらましであるが、最後に『きらきらひかる』全編に通底和音のように流れている〈せつなさ〉〈淋しさ〉についてふれておかねばならない。笑子は一見、〈いきあたりばったり〉で〈気まま〉な女性として描出されるが、季節の移りゆき、その節目節目に行われる慣習〈イベント〉をきわめて重要なものとして考えている女性でもあるのだ。節分の日には画用紙で鬼の面を自分で作製し、睦月が唯一口にすることになる手料理七草粥を慣れない手つきでつくりあげる。七夕には折り紙で飾りや短冊をつくり、〈紺くんの木〉である〈ユッカエレファンティペス〉を飾りたてる。こうした〈イベント〉は、季節のめぐりとともに変わらない、何時までもくりかえされるものだ。が、〈ずっとこのままでいられますように〉という笑子に対して、睦月は〈変わらないわけにはいかない〉、〈時間は流れていくし、人も流れていく〉とこたえる。笑子と睦月は一度も性交渉をもったことはないが、睦月に抱かれ、睦月の体温、心音を感じるとき、笑子は子供のような安心感、やすらぎを覚えるが、それも永遠につづくことはないのだ。かくありたいという願望を裏切っていく時の流れが、実は、〈せつなさ〉や〈淋しさ〉を紡ぎ出すのだ。

『きらきらひかる』は、性も性差も性役割も超えた、笑子と睦月と紺との〈生／生命〉がひびき合う〈せつない〉恋の物語なのである。

（広島大学名誉教授）

『温かなお皿』――《癒し系》フェミニズムとしての江國テクスト――倉田容子

食はそれ自体、様々なレベルでセクシュアリティとジェンダーの力学が交差する磁場である。性別役割分業の根強い現代日本社会においては、炊事を含む家事労働は今なお女性が担うケースが圧倒的に多い。その一方で、摂食障害に苦しむ患者の大半は女性であると言われており、作り手としても食べる側としても、食と女性との関係性は今日ますます複雑化しているように見える。

江國香織の短編集『温かなお皿』（理論社、02・1）は、その意味において、淡々とした文体とは裏腹に、幾ばくかの緊張感を内包するテクストである。どこかとぼけた風情の柳生まち子の挿絵が散りばめられたこの短編集には、食を通して浮かび上がる人間模様が一ダース収められている。そして後述するように、そこには食と女性の捩れた関係性が描かれており、一見そうとは見えないが、たしかにフェミニズム的要素を孕んでいる。

短編集の冒頭を飾るのは、下一段が犬用の三重段のお節料理を準備する新妻について夫の視点から語る「朱塗りの三段重」。次に、女子学生ばかりが住むマンション〈ウイメンズハイツ〉の住人たちと思い思いの夕飯を取りつつ、今朝喧嘩したボーイフレンドが〈ふらっと現れて、窓の下で笑ってくれる〉のを待つ律子の話「ラプンツェルたち」。両親の留守をいいことに〈身体に悪そう〉なごはんに舌鼓を打つ四人の兄弟の一夜を描いた「子供たちの晩餐」。これらの賑やかな食卓の後には、玉子焼きと手鞠麩のおつゆを挟んで〈お爺さん〉が〈去年の夏、カゼをこじらせて死んだ〉はずの〈ばあさん〉と対話する、温かくも切ない食の風景が配置されている（「晴れた空の下で」）。切なさは、少しずつトーンを変えていく。「さくらんぼパイ」の語り手〈僕〉の元妻・静枝は、家事は何一つ満足にできないが娘のためにお菓子を毎日手作りし、「藤島さんの来る日」の千春ちゃんは、実は料理上手だが〈奥さん〉のいる藤島さんのためには決して料理をしない。これらのぎこちない食の後には、《癒し系》の食模様が続く。婚約破棄した妹が異父姉の家の庭で昼食を取る「緑色のギンガムクロス」。同じ団地に住む三人の子供が書いた自由作文という形でそれぞれの母親像を浮かび上がらせた「南ヶ原団地A号棟」。孤独を持て余した夜に一人ひたすらねぎを刻む「ねぎを刻む」の〈私〉。娘と妻のいない休日に〈特性の焼きそば〉を作ろうと試みるものの、台所の使い方が分からず途方に暮れる「コスモスの咲く庭」の〈私〉。そして、愛人と正妻がイタリア料理店で対峙する「冬の日、防衛庁にて」を挟んで、ラストには、イブの夜からクリスマスの朝にかけてコンビニの深夜勤務にあたった〈俺〉に訪れたサプライズを描いた「とくべつな早朝」が置かれている。食を挟んで繰り広げられる人間模様は、時に楽しく、時に切なく、愛らしい挿絵と平易な文体とが相俟って、懐かしい風景を見ているような気分を喚起する。

これらの物語がどこかノスタルジックであるのは、おそらく、それらがすべて《男は仕事、女は家庭》という古めかしい性別役割分業を大前提としているからだ。食を主要なモティーフとするこの短編集のなかで、曲がりなりにも料理をする男性が登場するのは「藤島さんの来る日」と「コスモスの咲く庭」の二話のみであり、残りの一〇話においては料理は女性の管轄下ということになっている。しかも、その規範はしばしば時代錯誤な内容を備えている。「朱塗りの三段重」の〈僕〉は、お節を手作りする新妻の菜美子を〈今どき珍しく古風なところもあって、僕はそこがとても気に入っている〉といい、「コスモスの咲く庭」の〈私〉は、スーパーに並べられた冷凍食品を見て〈女房もこういうものを便利に使っているのだろうか、と思うと、ふいに裏切られた気分になった〉という。「藤島さんの来る日」に登場する千春ちゃんは唯一、男性のために料理することを拒む女性であるが、その理由は〈千春ちゃんは千春ちゃんのママが嫌い。藤島さんの奥さんが嫌い。毎日ごちそうを作って、かならず帰ってくるってわかってる人を待つ女の人が嫌い〉と語られており、そこには不実な男を挟んで女同士〈妻と愛人〉が互いを憎み合うという手垢にまみれた家父長制的社会の三角関係の構図を見て取ることができる。

しかし注意したいのは、一見驚くほどステロタイプに見えるこれらの小説の女性たちは、いずれもジェンダー規範に沿うことができない女たちであるということだ。彼女たちは性別役割分業に異を唱えるフェミニストではなく、むしろ女性役割を甘んじて受け入れているように見える。しかし、〈古風〉な菜美子が用意したのは下一段に〈何種類ものドッグフードとバナナ、ささ身の酒蒸しとプリン〉が詰められたお節であり、娘のためにお菓子作りに勤しむ「さくらんぼパイ」の静枝は〈ごはんはね、店屋物とかレトルト食品なんだけど〉という。彼女たちの言動はステロタイプでありながらも、一般的なジェンダー規範から微妙に逸脱している。子供の健康と幸福に最大限気を配る主婦役割を全うしている母親でさえも、子供の視点から次のように揶揄される。

> ハッキリ言って、僕の悩みは母の料理だ。僕のつけた母のあだ名は料理魔女。我ながらいいセンスしてると思う。（略）フランス料理、中華料理、エスニック料理、それに正統派の和食――。そういう手のこんだ食事だけでもうんざりなのに、母は毎日のおやつにも魔女的情熱をもやしている。（「南ヶ原団地A号棟」）

この短編集の女性たちの料理は、偏っていたり、不足していたり、あるいは逆に過剰であったりと、どこかしら《普通》のラインを超えており、しかもそれは彼女たちの人格と結びついた問題として語られているのである。

このような《普通》になれない女性たちの姿は、七十年代以降のフェミニズムが常套手段としてきた強烈な皮肉や生真面目な正論とは無縁であるにもかかわらず、結果的に家父長制社会のジェンダー規範に対する有効なアンチテーゼとなり得ているように見える。フェミニズムの本質が〈女（フェミナ）という概念を自然化せずに前景化して、思考の俎上にのせる（イズム）ということ〉（竹村和子『フェミニズム』岩波書店、00・10）であるならば、『温かなお皿』における女性表象はたしかにフェミニズム的だ。このテクストは性別役割分業を疑いようのない大前提として展開しつつも、食と女性の複雑に込み入った関係性をユーモラスに描くことで、緩やかに《女》という規範を脱自然化し、思考の俎上にのせているからである。たとえば、「さくらんぼパイ」の〈僕〉の次のような述懐は、食とジェンダーに関するいくつかの問題点を示唆している。

家事は何一つ満足にできないくせに、毎日お菓子をつくるだなんて、そんな風にむきになるなんて、まったくあいつらしい。本でも読んだのかもしれない。ハンドメイドのお菓子が子供におよぼす好影響について。

ここから浮かび上がるのは、自身の家事能力は一切省みない〈僕〉＝男性の傲慢さ、そして〈ハンドメイドのお菓子が子供におよぼす好影響〉といった言説に多くの母親が踊らされているという、確かな現実認識である。

だが、おそらく江國テクストを支持する多くの女性読者にとって重要なのは、こうした現実よりも、《普通》になりたくてもなれない女性を〈あいつらしい〉と肯定し、受け入れてくれる人がいるという、テクストが孕むメッセージであろう。不器用な自分を肯定してくれる人がいる。それだけで、〈ハンドメイドのお菓子〉を女性に強要する規範は少しだけ効力を失う。そうした思考は批評的とは言いがたいが、〈ハンドメイドのお菓子〉を強迫観念的に作り続けるよりははるかに生き易い。食のモティーフを多用し、女性読者の共感を獲得しつつ緩やかにジェンダー規範から逃れていく江國テクストの傾向性は、いわば《癒し系》フェミニズムなのである。

（お茶の水女子大学リサーチフェロー）

『ホリー・ガーデン』——暗闇のなかのもう一人の気配——

白井ユカリ

小説『ホリー・ガーデン』（新潮社、94・9）は、雑誌「波」での連載（新潮社、92・1〜93・12）二十四回分から成る。物語時間の一年間を、二年の歳月を費やして描いており、ゆったりとした、豊かな細部にみちみちた作品となっている。

二十九歳の〈野島果歩〉は、眼鏡店の店員で、下北沢駅から七分のマンションに猫と暮らしている。五年前に恋人の〈津久井〉と別れて以来、〈大事なのは何も考えないこと。穏やかに暮すための、それがこつなのだ〉と言い聞かせながら、日を送っていた。誘われるままに不特定の男性と肉体関係を持つことも、彼女にとっては〈考えない練習〉のひとつに過ぎない。果歩には、小学校から高校までの十二年間を、〈私立のミッション系女学校〉でともに過ごした、〈甲田静枝〉という友人がいる。都立高校で美術教師をしている静枝は、美術準備室＝快適なアトリエで絵を描き、意志に統御された〈オール・ライト〉な生活をし、そして、岡山で画廊を経営している〈芹沢〉と不倫の恋をしていた。

作品では、果歩と静枝の現在が、〈女学校〉という時間と密接につながっていることが繰り返し語られる。〈東横線〉に乗れば、静枝の目にはたちまち細い三つ編みの小学生の果歩が見えてくるし、ベートーヴェンの「田園」を聞けば、果歩の耳には〈お弁当の時間の校内放送〉が甦る。静枝は時折、小学生の果歩から言われた、

〈やさしいふりをしているけれど、全然やさしくなんかない〉という言葉を思い出す。その記憶は、今だに〈心のいちばん奥、いちばんレアの部分をぎゅうっとつかまれるような、現在形の残酷な痛み〉を静枝に与えた。

これらの記憶は、二人にとって、過去であって過去ではないといえよう。少なくとも、物理的には現在の時間を共有しながら、〈会っている時以外には、顔も名前も思いだせない〉存在と比べると、生々しい現実であることは間違いない。『ホリー・ガーデン』＝「聖なる庭」とは、心的時間における過去、記憶を指すと思われる。同時にそれは、心的時間における現在、現実でもある。そのタイトルは、ミッション系女学校の校庭をイメージさせ、また、『トムは真夜中の庭で』という児童文学を想起させる。

作者は、当初は〈二人の女の友情物語、のつもりだったのですが、気がつくと、二人の女それぞれの恋愛物語、になっていました〉（「月刊カドカワ」角川書店、94・4）と、解説する。

果歩の恋愛物語は、果歩の回復の物語ともなっている。

果歩の部屋の箪笥の上に眠っている、〈青い美しい薔薇の柄の紅茶茶碗〉は、津久井との思い出の品である。静枝は、果歩が津久井のような〈いい加減で軟弱〉な男を、五年間も引きずっていることが腹立たしくてならない。しかし、静枝に何と言われようとも、果歩には、津久井の優しい声、子供っぽい笑顔、幸せそうに自分を抱いた様子しか思い出すことができないのである。眼鏡店の同僚〈中野〉は、果歩の〈コケティッシュ〉で〈不安定な感じ〉に強く惹かれている。中野は、どんなにぞんざいに扱われようとも、変わることのない〈善良〉と〈カインドネス〉を果歩に与え続け、それが少しずつ、彼女を過去の時間と記憶から解き放していく。

果歩は中野を受け入れるごとに、自らの〈欠落〉に気づき、〈津久井の誠実と津久井の残酷は、どうにも分かちがたい何かだった〉ことを認め、ついには、津久井に対して、〈臆病な男だった。臆病で不器用で嘘つきで、ほんとうに変な男だった〉という判断を下すに至る。これらは、津久井に対する絶対評価が揺らぎ、新しい現実に心を開く過程とみなせよう。変化はほかにも認められる。いつのまにか〈考える〉ことを始めていて、好きでもない男と寝ることはなくなり、津久井に起因する摂食障害の後遺症からの回復が示唆される。そしてラストシーンでは、五年ぶりに〈薔薇の柄の紅茶茶碗〉を取り出し、中野のために紅茶を入れるのである。

五年間、失わないために〈一切所有しないで暮してきた〉果歩は、再び人を愛し始めたことに戸惑い、戸惑いながら受け入れるのであるが、その新たな恋愛にも、すでに喪失の萌芽は内包される。中野の寝顔をみていて〈ふいに淋しさにかられ〉るのは、「誰かを所有した＝愛し始めた瞬間に喪失が始まる」という、この先も繰り返し描かれる江國の恋愛観の暗示といえる。

静枝の恋愛物語は、まさにこの所有と喪失の物語となっている。

男友達から、芹沢との交際は虚しくはないかと問われた静枝は、〈ホープレスにあの人が好きなのよ〉と滔々と語って聞かせる。不自然なほど雄弁に。プールに通う、サプリを飲む…静枝は〈芹沢の人生になんとかついていこうと必死〉であった。しかし芹沢からは、相手のために変わることはしないと宣言され、互いに所有し合っていると信じることに疲れていく。最近、芹沢に関する〈何かから逃げ〉〈誤魔化し〉ていることに気がついていた。果歩と津久井が歩いた道を、自分と芹沢もたどりつつあることを、どこかで感じていた。

作品は、誰といても、どんなに愛し合ったとしても、人はどこまでも孤独な存在であることを伝えている。しばしば挿入される〈時間〉や〈記憶〉についての言及も、人の生の孤独を語っているといえよう。

静枝は、実家の両親の時間が止まったままであるのをみて、〈時間というのはあれだけ無情に流れるくせに、ある場所ではおそろしく速度をゆるめて流れるふりをして、ある場所ではまったく流れをとめてしまったふりをする〉、だからみんな過去と現在と現実が〈混乱させられるのだ〉と考える。果歩は、中野と行ったれんげ畑で、〈記憶を共有できればいいのに〉そうであれば〈安心〉なのに、とつぶやく。中野は記憶は語り合うことで共有できると言い、果歩はそんな中野を好ましく思いながらも、それが不可能であることを知っていた。人は個々の時間を生き、個々の記憶を持つ。時間も記憶も、リアルタイムの認識ですら、きわめて主観的なもので、決して誰とも共有できないことが、人の孤独の根源といえる。果歩は〈どんなこともみんな、錯覚といえば錯覚なのだ〉と感じていた。津久井とのことで、時間や記憶の迷路をさまよい続けた彼女は、確かなものなど何もないと半ば諦観していた。

しかしそれは〈半分〉であり、残りの〈半分〉では、今なお確かなものを希求していることがほのめかされる。何度も読み返している小説の、〈友だちを除いたら、いったいこの世で誰をあてにできるっていうの？　あたしの辞書ではそういうことになってるんだ〉（ジェイ・マキナニー『ストーリー・オブ・マイ・ライフ』）という一節を読んで、果歩は必ず泣きそうになる。映画『麦秋』のビデオを愛蔵するのは、おそらくは、映画のなかの、二人の子供が海岸線をどこまでも歩くシーンと、二人の女性が波打ち際をどこまでも歩くシーンに、自分と静枝を重ねているのであろう。

果歩が始終暗唱しているのは、昭和初期の詩人・尾形亀之助の詩であるが、なかでも「日一日とはなんであるのか」という詩は、特別な位置づけにあるといえる。この詩題は、第十八章の章題として用いられ、最終章「再び・紅茶茶碗」のラスト、まさに作品の結びに本文が引用される。ラストシーン、果歩はお湯をわかしながら、中野にこの詩の出だしを教える。

どんなにうまく一日を暮し終へても
夜明けまで起きてゐても
パンと牛乳の朝食で又一日やり通してゐる

そして、書かれていない続きはこうである。

彗星が出るといふので原まで出て行つてゐたら
「皆んなが空を見てゐるが何も落ちて来ない」と暗闇の中で言つてゐる男がゐた
その男と私と二人しか原にはゐなかつた
その男が帰つた後すぐ私も家へ入つた

（『尾形亀之助全集』思潮社、99・12）

人生は、暗闇に塗り込められた茫洋とした原っぱで、空を見上げて彗星の一瞬の輝きを待つような、孤独で寄辺ないものである。が、もしも暗闇のなかに、顔は見えなくとも、もう一人の誰かの気配を感じられたならば、人は何とか一日を生き延びていける…。

眠れない夜、果歩は時として〈受話器をとって番号を押す。時計は二時をさしている。呼びだし音十五回…〉。〈泣きたい気持ち〉で応答を待つ相手は静枝である。一方の静枝も、岡山から東京へ戻る新幹線から、必ず果歩に電話を入れ、今夜会いたいと告げる。果歩の前に現れる静枝の姿はまるで〈負傷兵〉のように痛々しい。二人は、いまのところ、暗闇のなかのもう一人となり得ているといえよう。

ある冬の日、母校を訪れた果歩は、小学校の卒業制作でつくったモザイク画の前に立つ。彼女の作品は〈ぽかんと大きく口をあけ、歌をうたっている天使〉を象ったものである。天使に自身を投影する。

静枝も中野も、そして津久井も、その果歩からは等しく遠い位置にいる。等しく遠く、それでもたぶん遠すぎない位置。天使はとても孤独にみえた。モザイク画の外側で、時間だけが滑るように流れていく。そう思うと果歩は心から安心し、日ざしに目をほそめると、色とりどりの壁画をあとにした。

果歩は、時間が滞っていないことに安心している。暗闇のなかのもう一人が誰であれ、彼女にとっては距離があるようである。しかし、そうだとしても、もう一人の気配があるだけで、人は孤独とたたかって生きていける。

私には作品がそう伝えているように思われる。

（成蹊大学大学院生）

『なつのひかり』――《子供》と《恋愛》の軸を手がかりにして――

小澤次郎

小説「なつのひかり」は、題名「小さな運動場」として「青春と読書」（集英社、93・3〜94・10）に連載発表後、表題を現在のように替えて、小説『なつのひかり』（集英社、95・11・10）として刊行された。その後、これを底本に三木卓の解説を加えた集英社文庫『なつのひかり』（集英社、99・5・25）が流布した。

本稿では、この小説にみられるふたつの軸を検討してみたい。ひとつは《子供》という軸、もうひとつは《恋愛》という軸である。このふたつの軸が交差するところに《家族》が成立する。しかし、遠近法における消失点のように、《家族》という特異点をめざしながら、《子供》と《恋愛》のふたつの軸がそこへ収斂《しゅうれん》していくようにみえつつも、あくまで螺旋《らせん》状に絡まり合っていくのである。

1　《子供》という軸

この小説における《子供》という軸を考えるうえで、つぎにかかげる江國香織(1)の発言は重要な示唆を与えるものである。

わたし自身が小さいときに好んで読んだ本の印象と。いま好んで読んでいる本の印象が違うんです。いま好きで読んでいる本では、わたしが一方的に劇を見るみたいに登場人物たちを見ている。次に何が起こるとか、彼らはどんな人か、わたしはとてもよく知っている。でも彼らはわたしを知らない。一方、子どものころに、すごく好きで読んだ『クマのプーさん』は、わたしがプーさんを知っているように、プーさんもわたしを知っているような、その場所にいたというような印象なんですね。

と江國は述べるが、このふたつの読書体験の相違は、江國の小説世界の本質をはからずも明らかにしている。すなわち、「いま」好んでする読書の場合、読み手の方からは「一方的」に登場人物のキャラクターや物語のプロットについてすでにわかっているのに、登場人物の方からは読み手である「わたし」のことが全くわからないというような不可逆的な関係がうかがえる。ところが、「小さいとき」の読書の場合、読み手である「わたし」の方から登場人物のことがわかっているのと同じくらいに、登場人物の方からもまた、読み手の「わたし」のことがわかっていて、読み手の「わたし」も登場人物も共にこの「場所」に存在し、相互にかかわっていくような可逆的な関係が成り立つ。

「小さいとき」とは《幼いとき》《子供のとき》のことだから、小説「なつのひかり」の当初の表題「小さな運動場」の「小さな」にも、単にサイズだけではなく、《幼いときの》《子供のときの》という意味を読み取ることができないだろうか。事実、単行本『なつのひかり』の装幀カバーに、ルネサンスの画家ラファエロ・サンツィオの描いた「サンシストの聖母」における《ふたりの子供の天使》が用いられ、さらに文庫本の装幀カバーには、天使に扮した《三人の子供たち》が海辺で戯れているベッツィー・キャメロンの写真が使われる。このように単行本でも文庫本でも《子供の天使》のモチーフが装幀カバーを飾っているのだ。そして、先程の対談の別の箇所で、江國は長田と本にまつわる手触りや記憶などのハードの次元での読書体験の重要性を語っていることから、小説「なつのひかり」における《子供》の軸がいかに重要かが推定されるのである。

では、この小説において、どのように《子供》の軸が機能するのだろうか。先程の江國の発言を想起すれば、この小説の語りが主人公「栞」に寄り添ってなされる限り、主人公にとって《子供》たちは主人公をゆさぶる存在として、多くの場面に顕現してくる。しばしば主人公のもらす「途方に暮れる」は、このゆさぶりの時によく表明されている。そこには「わたしがプーを知っているように、プーさんもわたしを知っている」という相互的な世界が存在している。この小説が《大人の童話》のような趣をもっていることは決して偶然ではない。「一方的」に関与していく《大人》の世界観とは異なった《子供》における相互的な世界観――これが《子供》の軸によって、作品の中に、さまざまな「途方に暮れる」様相を展開するのである。

2 《恋愛》という軸

小説「なつのひかり」には、《子供》の軸のほかに、《恋愛》としての軸となっている。江國の文学作品に描かれる《恋愛》の特徴として、矢澤美佐紀(2)が小説「きらきらひかる」の解説のなかで、「『無謀』で『蛮勇』な恋愛」や「所有を求めない愛」などのテーマのあることを指摘した。それらのテーマは、この小説にも顕著である。たとえば、前者の例としては実家から勘当同然で遥子が兄と結婚したことや、順子による兄の監禁などが、また、後者の例としては薫平から溺愛されたやどかりが逃走したことや、すでに遥子と結婚していた兄が名前や人柄までかえてめぐみと重婚したことなどがあげられる。しかし、この小説の場合、いまあげた例からもうかがえるように、別個のテーマというよりも、同じ根から生ずるふたつの面としてみる方が適切なようだ。なぜなら、勘当同然で結婚した遥子をおいて、兄は別の女性めぐみと重婚する、その一方で、遥子は兄と順子の関係を見定めようと失踪する、順子は兄をひきとめようと監禁するが、結局は失敗して……というように一連の流れのなかに、ふたつのテーマが渾然とみうけられるからにほかならない。

このことは、遠藤郁子(3)が小説「号泣する準備はできていた」の解説で指摘した「『所有』から『非所有』に向かう『運動』としての恋愛観」ともかかわる問題であるのだろうが、そこで遠藤の言う「出奔」を小説「なつのひかり」における、やどかり・遥子・兄などのそれぞれの《失踪》※として読み替えてみたい。すると、これらの《失踪》が完全に《無》を意味するものではなく、失踪することでかえって《存在》する意味が生じる問題がある。そして、その《失踪》も、時間がくれば当人が現れて、結局は《失踪》でなくなってしまうのだ。すなわち、そこには《「所有」から「非所有」へ、そして、「非所有」から「所有」へ、というように交互に連続する運動》をうながす、ダイナミズムとしての《恋愛》の軸の機能がある。ちょうど積み木を組み立てては崩し、また組み立てては崩すうちに、いやおうなく《時間》の流れが介入してきて、組み立て方も崩し方も徐々に変形していく……そこに、この小説の魅惑があるといえるだろう。各章に挿話をはさむ構成を繰り返していることも、このことと深く関連している。

（北海道医療大学准教授）

〈参考文献〉

1　江國香織＋長田弘「幼年、本、秘密」／長田弘『本の話をしよう』晶文社、02・9・5／19～20頁、23～24頁。
2　矢澤美佐紀「きらきらひかる（江國香織）〈偽装結婚〉という共同体」／岩淵宏子・長谷川啓編『ジェンダーで読む　愛・性・家族』東京堂出版、06・10・30／177～178頁。
3　遠藤郁子「江國香織　号泣する準備はできていた」／与那覇恵子編『現代女性文学を読む』双文社出版、06・10・2／22～23頁。

※付記　親の失踪には、作品を発生させるための特段の問題があるように思われることを指摘しておきたい。

「流しのしたの骨」──「普通」の家族であること──

板橋真木子

小説を読むときには、今自分の身に起きていること、自分が考えていることなどを反映させて読むものなのだと思う。全ての人がそうかどうか、そうあるべきなのかどうかはわからないが、私自身は少なくともそうだ。それは、きわめてプライベートな事柄であることも多いが、仕事柄、研究上考えていることと重ね合わせて読むことも多い。なので、今回幸運にもこのような機会を与えていただいたので、「流しのしたの骨」という作品を、私自身が社会学の研究者として考え続けていたどのようなことと重ね合わせて読んだのかを思い出しながら、何かお話しできればと思う。

それにしても私の携わっている社会学は、あまり知られていない、わかりにくい学問なので、「専門は社会学です」というと、必ず「社会学ってどんな学問?」と聞かれる。おそらくそれは、社会学の「社会」の部分があまりにも漠然としていることもあるのかもしれない。とにかく社会学は勉強するのに面倒な学問だと思う。本題に入る前に理解しなければならないことも多い、前置きが多い学問とでもいったらよいか。ただ他の学問にはない社会学の魅力について少し宣伝させてもらえば、それは「普通」であることを疑うことだ。通常私たちが「普通だ」「あたりまえだ」と思っている事柄について、正面からだけでなく上下左右、斜めからみる。そしてその視点から「普通」「あたりまえ」と考えている物事の仕組みや働き、問題を明らかにしていく面白さがある。

江國作品は、まさにこの「普通」ということを描こうとしている。言いかえるならば、「日常」ということなのかもしれない。江國は最後に、〈変な家族の話を書きました〉と述べているが、物語の中にたくさんちりばめられているこの家族ならではの決まりごとは、確かに世間一般から見れば「変な」ことも多い。主人公こと子が、高校卒業後に進学、就職しないことも、しま子ちゃんの言動や行動も。

でも、読みすすめていけばいくほど、この物語がむしろ「普通」であること、「普通」の家族について何か描こうとしているように思われて仕方がない。タイトルの薄ら寒さとは裏腹に、父、母、姉のそよちゃんとしま子ちゃん、弟の律、そして主人公のこと子という6人の家族の物語は、冬の暖炉のように暖かく、穏やかだ。その意味では「普通」の家族のようではある。ただこの物語で描こうとしている「普通」は単にそのように平穏なものとは違うのだ。

・家族が「変であること」の「普通」

この作品の中には、家訓（ちょっと古めかしい言い方だが）のようなものや、家族のルールのようなものがたくさん登場する。挙げればきりがないほど、物語はこれらによって創り上げられている、というくらいに。物語のはじめから面白い。宮坂家の母は、夫を送り出した後化粧をし、帰ってくる前に化粧を落とす。夫の前では女でいることを考える場合には全く逆だと思うのに、本当に「変」だ。それも、子どもたちにとってはそれが「普通」の光景になっているという。

こうした家族内の内々の決まり事や、暗黙の了解は、社会学的に表現すれば家族の規範や慣習ということになる。江國自身も述べているように、私たちは意外に他の家族のことは知らないものだ。それこそ、食事の時の決まりごとなどは、話としてでてくることもあろうが、他人の家に行ってみないことには実際どのようなものかなかなか知ることが出来ない。

江國は〈閉鎖性〉というが、まさに私たちの家族（そして家庭）は、高い壁でできた閉鎖的な空間、領域でありつづけてきた。戦後の日本では、高度経済成長期をきっかけとして新しい特徴を持った家族が現れてくるようになった。そのような家族を社会学では近代家族と呼ぶようになった。この近代家族の持つ特徴のひとつが、この〈閉鎖性〉、つまり家族がきわめて私的な領域となっているということだ。戦前の家制度のもとにおける家族では、家族の運営のあり方、例えば子産みに国家が介入していたことなどに対する反省、反動によるところが大きいが、私的な領域となることは、家族はそれぞれ独自に運営をし、他人が「うちの家族」に介入することを好まない、排他性をも同時に意味する。「うち」がそうなら、「よそ」のことについて他人である自分が口出しすることもためらわれることにもなる。

だからこそ、私たちは「うちの家族」と「よその家族」がどれだけ違うか、といったことについてあまり知らない。そればかりか「うちの家族」とそれほど変わらないものと思っているのではないだろうか。いわば家族というものを、標準化してしまおうとする。「うちの家族」を基準に、それが「標準的な家族」と思い込んでしまう。「うちの家族」と同じような家族が「普通」なのだ、と。

しかしよくよく考えてみれば、家族の中にある規範や慣習は、家族ごとに違ってあたりまえなのだ。ただ知る機会がなかなかないだけで。「うちの家族」を基準に「普通」の家族を考えてしまうけれど、実際家族はそれぞれに個性的で面白い規範や慣習を作って、運営している。そんな「変な」家族、それが「普通」の家族なのだ。家族をついつい標準化してしまう私たちに対して、江國は〈複雑怪奇な森〉としての家族を探検する喜びを与えてくれる。ついつい家族を標準化してしまう私たちの「クセ」を見抜いているかのように、家族が「変であること」の「普通」について気がつかせてくれる。

・家族に「ずれ」があることの「普通」

家族を題材にした小説の場合、そこに劇的な展開を期待してしまう癖がついてしまっている。小説や、ドラマそして映画であっても何か家族のネガティブな側面を描き出そうとするものが多いし、その場合に展開が衝撃的だったりすることも多い気がする。一方江國の物語は、そのような劇的な展開は存在しない。きわめて静かに、淡々と一つの家族、そして家族の人々を描いていく。

家族を劇的に描いていく作品の場合には通常、「あるべき家族」のモデルが想定されている。それはいわば、家族のメンバー同士が「家族のきずな」によってしっかり結びついているような家族だろう。私たちの中で「家族のきずな」は必要ない、と考える人はいないだろう。それだけ、現代の私たちの家族にとって重要なものと考えられている。しかし、この「きずな」とはいったい何だろう？　何でも話し合って、理解しあうことができる関係だろうか。少なくともそのような緊密な関係性があることを表している。しかしこの作品のなかからそのような「家族のきずな」について見出そうとすると、少し戸惑う。

宮坂家ではその人が決めたことには反対しない、というルールがあるらしい。しま子ちゃんが子どもを引き取ることを決めたことも、驚きはすれども、しま子ちゃんにつめよって、あれやこれやと聞き正したり、感情をむやみにぶつけたりするような人はいない。しま子ちゃんのいいようにする、というルールには従っているが、決して家族のメンバーそれぞれの価値観や考えを表に出すことはしない。そしてそよちゃんの別居も、離婚についても同じだ。確かにルールを守るということについてお互いに了解しあっているし、そのようにするのも決して強制されているからではなく自主的にしている。その意味では「きずな」があるようにも思えるが、私たちがイメージする「家族のきずな」は、家族のメンバーがお互いぶつかり合ったりする過程を経て、お互いに解り合う関係であって、そのイメージからすると江國の作品は物足りなさを感じるだろう。

しかし、さらに考えれば「理解しあう」とはどのようなことなのか？ これは実は社会学的な問なのだ。社会学では他者との関わりを行為による影響関係としてとらえる。それを社会的相互行為という。私たちは他者の行為に付与されている意味を解釈し、理解しようとする。そして他者も私の行為の意味を解釈し、理解しようとする。そのように構築されている他者との関係こそが社会的相互行為である。つまり他者を「理解する」ということは、他者の行いに意味を付与する、あるいは定義付けることでもある。しかし、ここで意味といった場合、決して客観的に正しい意味があると考えるのではなく、あくまでも主観的なものと考える。そのように考えたばあい、決してその内容を本人の考えていることと合致させることをゴールとしない。つまり、そのような解釈上の「ずれ」については当然ありうることと考えるのだ。

私たちは「理解する」というと、このような「ずれ」を「あってはならないこと」「望ましくないもの」と考えようとしてしまう。「ずれ」があることは「理解していないこと」「解りあっていないこと」と考えてしまう。しかし、私たちの日常はむしろこのような「ずれ」によって成り立っているのではないだろうか。宮坂家のメンバーが必要以上に問い正したり、知ろうとしたりしないことは、「理解していない」「その気がない」のではなく、理解の仕方の一つの方法なのだ。お互いのことを、お互いに同じように理解できているのではなく、むしろそのように出来ないこと、しないこと、それも「理解する」ということなのだ。家族はこのように、メンバー同士がお互いについて推測し、探りあいながら、必ずしもそれを相手に「正しいかどうか」を確かめたりすることもせずにやり過ごし、継続していくのであり、それが宮坂家に特有のものではなく、むしろどの家族でも「普通」のことなのでは?ということにこの作品を通じて、再確認させられるのだ。このような家族の関係性は、江國のほかの作品にも共通して描かれているように思う。『きらきらひかる』や、『赤い長靴』で描かれている夫婦がそうだ。私たちは親しい間柄だからこそ、お互いが「正しく」そして「納得いくように」理解することをゴール(そうあるべき)と考えがちだが、夫婦や親子、きょうだいのあいだでも、探りながら、自分の考えと合致しなくて、納得できなくて、時には傷ついたり苦しんだりしながらも、そこに折り合いをつけながら他のメンバーと関わり続けていく。他の家族のメンバーの隠している「流しのしたの骨」については、想像したり、受け流したりしながら過ぎる日常、それこそが私たちの「リアル」で「普通」の家族の姿なのだ。

(立正大学非常勤講師)

参照:落合恵美子『近代家族とフェミニズム』勁草書房、一九八九年

『落下する夕方』あるいは落剥する執着——波瀬　蘭

江國香織の『落下する夕方』（「野性時代」94・5〜95・7、角川書店、96・11、角川文庫、99・6）は不思議な作品である。八年も同居していた恋人薮内健吾から〈引っ越し〉という形で別れを切り出された主人公坪田梨果が一年以上の時間をかけて、〈いずれにしても時間はすべりおちていくのだ。私たちのまわりを〉という（作品タイトルの解釈コードとも言える）思いに至り、ついには〈「引っ越そうと思うの」〉という形で別れを受け入れていく経過を描いた作品は、終結の言葉に〈15カ月前の健吾のように、私はしずかにそう言った。〉と書かれているように、冒頭の〈引っ越そうと思う。〉という健吾の言葉と首尾照応した見事な結構を備えているようでありながら、彼に梨果からの別れを決意させた張本人の根津華子が、〈天性のセクシーさ〉を持ち〈男という男はみんな華子を好きになるらしい。〉という存在であるだけでなく、男のみならず〈華子がいると、物がみんな奇妙に息づいてしまう〉という不思議な魅力を持っているという具合に、あまりにキャラが立ちすぎているためか、梨果の健吾への失恋の物語と、梨果をはじめとする多くの者（すべての者？）が華子に翻弄される物語、という二つに大きく分裂している印象を持たせもしている、そこに不思議があるのだ。

ところで、その首尾に挟まれた胴体の部分で、梨果はしょっちゅう鼻歌を口ずさんでいる。作中いくつも歌詞が示されながら、その歌手の名前が明らかにされるのは（ラジオから流れる洋楽の場合を除けば）古内陶子ぐらいであり、その分野に明るくない者にはその他の歌詞の出典は分かりにくいのだが、三回に亘って繰り返される〈きつねがーりーにゆくならー／らら　きーをーつけておゆきよー／きつねがーりーはすてきさー／ただ生ーきーてもどれたらー〉という歌が中島みゆきの「キツネ狩りの歌」であることは分かり易い。そしてその「キツネ狩りの歌」にしても、恋における陶酔させる魅力と生還できない危険性というアンビバレンスあるいはその相乗的在り方をうたった面白い歌だが、梨果の健吾への別れを肯えないでいる足掻きは、「わかれうた」や「うらみます」のような恨み節ではないものの、まさしく中島みゆき的なものである。原善氏がむかし、中島みゆきにおける未練あるいは「断念と執着」を、〈執着と断念との緊張拮抗の中でこそ現実を突き抜ける自己の本然的な生命が発動される〉として、〈仮構の中での自己執着〉（「思想の科学」85・6）という形でみごとに読み解いたことがあったが、作中に〈執着。／そうかもしれない。私が健吾を失えないと思うのも。〉という（最後にいたってのものではあるが）認識が示されているように、梨果の見せる健吾への執着が一年以上をかけて徐々に〈すべりおちてい〉き、断念あるいはある種の諦観に至る過程が、『落下する夕方』には描かれているのだ。

それは愛する人を失う対象喪失から立ち直っていく悲哀の仕事だと言えるのだが、その間の未練や執着は、たとえば、自分の愛で相手を呪殺した（それができるほどの深い繋がりだった）と思いこみたい川端康成「抒情歌」の主人公龍枝における、たとえマイナスのものでも対象との関係を確認することに縋るという在り方や、あのとき思い切り泣けていたら今頃二人で海を見ていたはずだったという反実仮想の思いの強さから、まるでソーダ水の中の貨物船を消そうとするかのように、失った愛の対象を現前させる幻に縋る荒井由美「海を見ていた午後」の主人公のような在り方や、という具合に、古今の多くの作品が様々にユニークな在り方を描いてくれているなかで、本作の主人公梨果が見せる多様な足掻きもまたなかなかに興味深いものであり、それこそ中島みゆきの、

〈それでもあなたは離れてゆくばかり　ほかに私には何もない　切ってしまいますあなたに似せて　切ってしまいますこの髪を　今夜旅立つあなたに似せて　短かく〉という、離れてゆく相手に似せて髪を短く切った自分の姿を鏡に映してその影を相手だと思おうとする、「髪」という作品の主人公における、主客を転倒させた幻影に縋る在り方に重なるものであるのだ。

〈正確にいうと思いだしたわけじゃない。健吾がそれを思いだしているのであろうことがわかったので、一緒に思いだしたくて思いうかべたのだ。〉という梨果の気持ちは一般的で分かりやすいものだが、それが進んで、〈おどろいたが、それでもすぐにドアをあけたのは、私にとって華子が、健吾につながる存在だったからだ。〉というかたちで華子を受け入れてしまう梨果は、〈健吾の好きな女にサンドイッチを作るのは、一人で本を読むよりは健吾に近いことだった。少なくとも、健吾に関係のあることだった。〉という具合に、恋敵であるはずの華子と関わろうとするのだ。恋敵に繋がるべきは本来恋の対象の健吾であるはずなのであり、それゆえに、その恋敵を眺めている自分の視線は恋の対象のそれに重なってきて、〈華子といると、私はときどき自分が健吾の視線を持とうとしていることに気がついてしまう〉という倒錯した事態に陥るのである。いわば、自分―恋の対象―恋敵の三点から成る三角形が、自分と恋の対象が重なることで一つになり、自分と恋敵との線分的な関係になっているのだが、その二者の関係しか見えない者には物語が同性愛的なものに映り、〈異性愛神話〉の崩壊（酒井英行氏『江國香織を語る〈異性愛神話〉は崩壊したのか？』沖積舎）などという見当違いの読みを捻りださせてしまうのだが、ここで読むべき要点は、あくまで自分と恋の対象を重ねてしまおうとする〈執着〉の在り方の方であるはずだ。健吾と同一化してしまった梨果は、華子の湘南での過ごし方を聞いて嫉妬で〈表情がくもった〉健吾を見て〈こういうとき、私はかなり混乱する。それがどんなことであれ、私は健吾をかなしませたくはないのだ。〉という反応を見せ、〈「これからも？」／ええ、と、迷いもなく華子が言った〉という、自分を捨てた男が、自分から乗り換えようとした女への思いが受け入れられないという事態に対して、本来なら喜んでいいはずのところを、あろうことか恋の対象の悲しみを代行して、〈私はなぜだか怖かった。ほとんど鳥肌が立つくらいに。〉といった、吃驚するような反応にまで及ぶのだ。

しかし梨果は最終的には悲哀の仕事を終える。〈子供じみた孤独。それは誰ともわけあえないものだ。だから健吾は出ていった。〉という認識を得た梨果は、〈健吾から、こんなに遠く離れてしまった。こんなにしずかな心で一人ぼっちになってしまった。片ときも離れていられない、と思っていたのにこんなにやすらかに。〉という安寧を得るに至るのだが、それは、〈華子がいなくなってわかったのだが、私は健吾の不在にすでにちゃんと慣れていた。〉とあるとおり、華子の存在がなさしめたことであり、作品が皮肉な逆説的な展開を見せる中で、梨果も〈私は極端に暇になった。毎日ごろごろして過ごした。華子みたいに。〉という、健吾と同一化していたところから華子への同一化という屈折を見せていく。健吾への執着からの脱却は、華子への執着ゆえの同化という、健吾に対して行なっていた行為の反復によって成されたのである。作品終結直前で梨果が見せる、〈私は華子のかわりに言った。あ、フルウチトーコ。嬉しそうに。単純に。／ちっとも似ていないのでばかばかしくなってわらった。淋しかった。〉というある種の狂態は、そのまま「髪」における〈長い髪を短かくしても　とてもあなたに似てきません　似ても似つかない泣き顔が　鏡の向こうでふるえます〉という不可能性の発見と重なるものである。

『落下する夕方』に見られる、首尾照応の中の一見分裂に見られかねない、梨果にとっての健吾ストーリーと華子ストーリーという二つの流れは、むしろ執着と断念のモチーフの変奏として両者は補強しあうものなのであって、決して混乱ではなかったのである。

（短歌評論家）

『ぼくの小鳥ちゃん』――トライアングルの均衡――

梅澤亜由美

『ぼくの小鳥ちゃん』は、一九九七年にあかね書房から刊行され、翌年には路傍の石文学賞を受賞した。〈ぼく〉と彼女と小鳥ちゃんの春が近づいてくるまでの冬の日々を描いた本書には、荒井良二によるイラストが添えられ大人の絵本のような仕上がりになっている。

江國香織は〈トライアングルには親近感を抱いている〉という。トライアングルとはあの正三角形の楽器のことで、江國香織は〈小学校一年生のとき、音楽発表会でトライアングルの係〉になったときから〈この楽器とは相性がいい〉（「トライアングル」『とるにたらないもの』03、集英社所収）と思ったという。その直感に驚く人も多いだろう。『きらきらひかる』（91、新潮社）のホモの恋人同士の睦月と紺くん、睦月の妻でアル中の笑子の関係はじめ、江國香織の作品にはちょっと変わった三角関係がよく描かれるからだ。『綿菓子』（91、理論社）には〈「こういうの、四角関係っていうのかな」〉という台詞があるが、この四角関係の中にも、姉と夫の島木さんともとの恋人で年下の次郎くん、更に次郎くんを好きな小学六年生の〈私〉と姉と次郎くんという二つの三角関係がある。『綿菓子』には、更に死んでしまった祖父と、祖母と絹子さんの三角関係の痕跡までが残されている。

三角関係は単純に言えば〈三者間の関係〉をさすが、『広辞苑』でも〈特に三人の男女間の複雑な恋愛関係〉とあるように更に限定されて使われることが多い。そもそも、〝3〟はバランスのとりにくい数字なのである。

これが〝2〟であればまったく違って、江國作品でも『ホテル　カクタス』（01、ビリケン出版）の数字の2が〈割り切れない〉ことが苦手で我慢できない、あるいは『ぼくの小鳥ちゃん』の〈数字で言うと2のように気がきいている〉彼女が約束に厳しく〈ぼく〉に〈杓子定規なところがある〉と思われるように〝2〟は秩序や安定を表す。だが、〝3〟となるとそうはいかない。少々突飛だが、例えば夏目漱石は『こゝろ』や『それから』で男二人と女一人の三角関係を描いたが、『こゝろ』では友に裏切られた形で恋を失ったKは自殺し、先生は最後までその罪の意識を捨てきれなかった。このように三角関係では壊れることのドラマが重視されるように思える。友人関係でも同様で、三者の関係には二人が組むと一人が余るという不安定さがつきまとう。だが、江國香織はその本来不安定な三角関係の、まさにトライアングルのような美しい均衡を好んで描いているように思われる。

『ぼくの小鳥ちゃん』も、そんなトライアングルのバランスの上に成り立つ作品である。雪の降る日、〈ぼく〉のアパートの部屋に、脚とくちばしだけが濃いピンク色をしたまっしろな小鳥ちゃんがやってくる。〈ぼく〉には知り合って一年になる彼女がいて、おひるやすみには一緒にごはんを食べ週末にはデートをし、ときには彼女が〈ぼく〉の部屋にやってくる。小鳥ちゃんと〈ぼく〉と彼女の関係は小さな波風をはらみつつも上手くいっている。小鳥ちゃんはデートにもついてくるし〈ぼく〉と彼女の写真を倒したりとやきもち焼きだが、制限速度を60キロもオーバーする彼女の運転は気に入っている。彼女と〈ぼく〉は小さなけんかもするが、彼女は小鳥ちゃんのベッドに気前よくバスケットを提供してくれ、小さなクッションと掛け布団まで縫ってくれたりする。

そのバランスもときに崩れかかる。〈ぼく〉と彼女がスケートを楽しむのを見た小鳥ちゃんは、元気がなくなる。自分もスケートを楽しむことでそれは解消したようにも思えるが、その夜眠れずにいる小鳥ちゃんの様子を考えるとそうとも思えない。そして、〈ぼく〉の方も、上の階のだんなさんの肩に留まる小鳥ちゃんを見て〈なぜだかひどく傷ついた気持ち〉になる。そのせいでデート中楽しくなさそうな〈ぼく〉に、今度は彼女が〈「たのしくないのなら帰って」〉と言う。〈ぼく〉は小鳥ちゃんにも〈「あたしにおともだちがいるからってすねることはないでしょう？」〉と言われてしまうが、それでも翌朝になるとすべてが〈いつもどおり〉だ。彼女は朝早く部屋にやってきて〈ぼく〉を起こし、小鳥ちゃんは〈「あなたたち、なにかというとキスばかりしてるのね」〉〈「あたしの口がくちばしだとおもって」〉と相変わらずやきもちを焼く。だが、〈小鳥ちゃんはふくれているが、ぼくとおなじくらい、ぼくたちのいつもどおりをたのしんでいる〉のであり、作品もそのまま結ばれている。

　不均衡な三角関係をトライアングルのように支えようとするものとはなんだろう。それは三つの角であるそれぞれの個と個の距離感のように思える。小鳥ちゃんも〈ぼく〉も、〈普段あまり話さないような〉〈個人的な話〉を持っている。〈ぼく〉の場合、そこには小鳥ちゃんにも彼女にも話していない昔のこげ茶色の小鳥ちゃんの話、〈うけいれすぎ〉で〈ときどきとても淋しくなるの〉と言われたことも含まれる。ときに考えごとをし〈ぼくの知らない小鳥ちゃんのよう〉な姿を見せ、教会で〈おもいのほかながい時間〉祈る小鳥ちゃんにも、厭世的で〈非業の死〉をとげたお父さんの話の他にも何かがある。だが、〈ぼく〉が何かを思い出したことに気づいても、小鳥ちゃんは〈どんなこと〉かは聞かない。デート中つまらなさそうだった〈ぼく〉にわけを聞くことなく、〈「こういうとき、あなたの小鳥ちゃんなら窓からとんでいっちゃうんでしょうね」〉と言った彼女も同じである。

　帽子ときゅうりと数字の2の友達関係を描いた『ホテル　カクタス』でも、〈個人的なこと〉はそっとしておくべきものとされている。帽子や数字の2は普段一人で聞いている音楽を他の二人の前では、恥ずかしかったり思い出が悲しすぎたりして聞けないと思うが、三人とも〈「音楽は、個人的なものだな」〉と納得する。また、帽子が〈思い出は人に語るものじゃない〉と思っているように、誰もが他人《ひと》とは共有できない〈個人的な話〉〈個人的なこと〉を持っていて、それを認め合い近づきすぎることがないからこそ、美しいトライアングルは保たれる。そのことは友情でも、愛情でも恋でもきっとかわらない。人間関係、あるいはもっと広げてやさしい関係性のための基本にあることなのだ。〈ぼく〉も彼女も、小鳥ちゃんも、みなそのことを知っている。だからときに裂け目を見せながらもバランスは保たれる。それは少し寂しいことでもあるが、退屈な雨の日にきゅうりと帽子と数字の2が〈てんでに「外国」を思い描き〉ながらも〈「いまここに必要なものは、外国だ」〉と結論づけるように、別々の思いを持っていても一つのことを共有することはできる。逆に言えば、共有できないものを持っているからこそいっしょの時間が大切なのだ。スケートをした夜小鳥ちゃんが考えこんだのも、悲しかったのはスケートができなかったことではなくいっしょにできなかったことだときっと気づいたからだ。三人でしか共有できない時間は特別なトライアングルで、その均衡が保たれれば一対一になろうとする関係とはまた違った世界が見える。

そして、それはいつ崩れても終わってもおかしくはない故、つりあっている時間が大切である。昔の小鳥ちゃんと〈ぼく〉の〈すごうまくいっていたと思う〉生活も、小鳥ちゃんが〈いきなりいなくなってしま〉うまで一年半ほどだった。今の小鳥ちゃんもいつ行ってしまうか分からないし、それは彼女も同じだ。だからこそ〈いつもどおり〉はかけがえがないのであり、今を楽しむことが大切である。小鳥ちゃんはしりとりが好きだが、それは〈「ん」がついてもいいルール〉である。小鳥ちゃんは〈ずーっとつづくのが好きなの〉であり〈好きなときに始めて好きなときにやめるのがいい〉のだ。〈つづくのが好き〉なのは、終わってしまうことの寂しさを知っているからであろう。メーテルリンクの『青い鳥』は、言うまでもなく幸福は身近なところにあるという寓話であった。『ぼくの小鳥ちゃん』はそんな教訓的なお話ではないが、それでもこの作品は〈いつもどおり〉の日常の幸せ、それがあやういバランスの上に成り立っているからこそその愛しさを感じさせてくれる。

（法政大学非常勤講師）

異人たちとの夏休み——〈すいかの匂い〉が思い出させるもの——

原　善

唐突だが、山田太一に『異人たちとの夏』（新潮社、87・12）という小説がある。田辺聖子の解説（「どうもありがとう」『異人たちとの夏』新潮文庫、91・11）に〈まことにふしぎな小説〉とあるように、異界の住人という未知との遭遇を描く物語である。妻子と別れ孤独な日々を送るシナリオライター原田英雄が、12歳の時に死別した両親と再会する。両親と会うことを重ねることで自身では気づかぬうちに生気を失っていく原田に対して、孤独な者同士で惹かれあい恋人となった同じマンションの住人藤野桂は、彼らと会うことをとめるが、実は彼女も既に自殺していた異界の住人であり、〈異人たち〉とは両親のみならず若い恋人の桂をも含んでのものだったのだ。

そして『すいかの匂い』（新潮社、99・1）もまた、〈異人たちとの夏〉が描かれた連作集なのである。『すいかの匂い』は、「小説新潮」（89・11～97・8）に長期に亘って断続分載された、表題作を含む十一篇を収めた短篇集だが、〈夏休みを叔母の家にあずけられてすごした〉〈九歳の夏〉にシャム双生児に出会った経験が語られる「すいかの匂い」を始め、〈引っ越したばかりでまだ友達がなく〉〈時間をもてあましていた〉十一歳の〈夏休み〉に、〈いつもぶらぶらと〉出かけていた〈パン工場〉で会っていた不思議な〈おばさん〉とのやりとりを語る「海辺の町」、その他新幹線で出会った〈下品に蠱惑的《こわく》〉な女（「あげは蝶」）や、〈小学校二年生の夏休みに親しくなって、その年の秋には引っ越してしまった友達〉（「はるかちゃん」）など、いずれも、夏休みにおける他者との出会いか、小学校に入学した年の夏休み明けには消えてしまった〈どこか闇の匂いがし〉て〈不思議な人だった〉という下宿の女子学生との思い出を描く「蕗子さん」、七歳の夏に、知恵遅れの少年〈やまだたろう〉から「死ね死ね死ね死ね」と言われた（と思い込んでいた）経験が語られる「水の輪」のように、他者との夏休みの体験が語られている。しかもその他者とは、〈二十年ちかく前の〉祖母の葬式のあと〈お葬式ごっこ〉に耽っていった経験を、他ならぬその弟の葬儀の日に回想していく「弟」などを少しく例外として、いずれも子供の目から見た異様な存在、異人であったのだ。すなわち〈異人たちとの夏〉。

しかし『すいかの匂い』が『異人たちとの夏』と違うことは、『異人たちとの夏』が現在進行形で物語が進むのに対して、『すいかの匂い』は大人になった現在からの子供時代の回想という形で展開されているということである。すなわち《夏の思い出》あるいは《夏休みの思い出》。しかし《夏休みの思い出》とは、吉田拓郎が「なつやすみ」で歌ったように、〈姉さん先生〉にせよ〈田圃の蛙〉にせよ、〈もういない〉ものこそが思い出されるのであって、〈不思議な夏だった。些細なことを、妙に鮮明に憶えている。（…）そういうことの記憶は次第にうすくなっていくのに、あの夏の記憶だけ、いつまでもおなじあかるさでそこにある。つい今しがたのことみたいに。〉（「海辺の町」）と、今でもありありと思い出されるものであっても、それは今ここでは失われて久しいからこそ鮮明に思い出されるのである。その意味では、作品最後の現在時に深い喪失感に囚われる『異人たちとの夏』と、喪失感の中で〈異人たちとの夏〉が思い出されていく『すいかの匂い』は、やはり同質の作品なのであり、決定的に両者が異なるのは、後者が子供の目で眺められたところを回想しているという点となる。

ところで子供の視点から成る見事な作品系列を持つ作家に山田詠美がいるが、たとえば「弟」などは〈あらゆる人たちを憎悪した。〉という点で『晩年の子供』の中の「蝉」を、そして〈お葬式ごっこ〉の中で〈弟を一度でもいじめたことのある子はみんな、端からお弔《とむら》いをする〉という想像力による他者の抹殺という点で「風葬の教室」を想い起こさせるのだが、思えば「花火」をはじめとしてやはり夏の子供を描いた作品が多い『晩年の子供』の中で、とりわけ「蟬」は、〈母の出産のあいだ〉の少女の孤独と〈居心地の悪〉さと〈せつな〉さを背景にしている「すいかの匂い」にも、〈甲羅からでたときのカメの姿を見てみたいと思って〉〈お腹《なか》側の甲羅に包丁ですーっと切れ目をいれ〉て殺してしまった蕗子さんのエピソードが挿入される「蕗子さん」にも、その影が見いだせ、江國香織における山田詠美からの影響関係、少なくとも対比研究的に両者の共通点と本質的な差異とを考える好材料になっていて興味深いのだが、ここではその問題に深入りする余裕はない。一つだけ確認しておくべきことは、「焼却炉」などには江國の場合も見いだせるものの、視点となっている子供の持つ残酷さ、毒素といったものを山田がクローズアップするのに比したとき、江國の諸作が炙り出しているのは、子供のそれ以上に、子供が出会ったところの他者の持つ毒素の強さであり、また、そうしたまさしく異人への、〈私は彼に秘密を握られているとは思わなかった。秘密を共有している、と思っていた。〉（「水の輪」）と描かれるような、その毒素ゆえにかえって惹かれていく子供の共感なのである。いずれにせよ、『すいかの匂い』は夏に出会った他者への共感と怖れ、そして別れの悲しみ、その喪失感が描かれる〈異人たちとの夏〉の思い出の物語なのである。

さて、しかしそれが思い出の物語として回想されるというところにも注意するならば、その共感と怖れの世界が今大人の目で眺め直されているということを忘れてはなるまい。〈その後弟は亡くなったときいた。〉（「はるかちゃん」）という具合に後日談を付け加えることで物悲しい余韻が与えられることもあれば、〈あれからずいぶんと時間がたち、私は、あのときの蕗子さんとおなじ、二十六歳になった。〉（「蕗子さん」）という現在時が示されることで回想の必然が明かされることもあったり、「死ね死ね死ね死ね」と言われたと思い込んでいたことは、実は持っていたくまぜみをその鳴き声で呼んでいたのだ、ということが今になって分かるという「水の輪」のように、時間的な距離が当時の異人の示した行為の意味を認識させる発見をもたらすということもあったり、とさまざまに現在という時間の枠組み設定は機能している。しかし、であるならば連作中最も他者性の強い異人を描いた「すいかの匂い」における、あの強烈な、その後何度も〈フラッシュバックする光景〉であるところの、初めて見たシャム双生児の姿、それが翌朝忽然と消えていたということについての現実的な説明も、現在の大人になった視点からは施されてもいいはずなのだが、それがまったく為されていないことは大きな問題のはずである。それは小説作品としてのリアリティを大きく損なうものだからだ。

ところで嗅覚とはもっとも記憶を喚起するものであるらしい。《夏の思い出》を語る連作の中では〈パン工場〉の匂いと海の〈錆《さ》びた物干し竿《ざお》の匂い〉（「海辺の町」）や〈緑の匂い〉（「ジャミパン」）などのように嗅覚が大きな要素を占めているが、そうした中でなるほど〈すいかの匂い〉は、〈部屋のなかにはスイカの匂い。〉が充満する様が描かれた『落下する夕方』で〈このスイカが私の夏休みの友だ〉と語られているように、確かに《夏の思い出》《夏休みの思い出》の代表的なものと言えるだろう。「すいかの匂い」が連作集の表題作になったことの理由は、最初に発表されたということ以上に、そこに求められるはずだ。さらには、今述べたような（『異人たちとの夏』が〈非現実と現実のあやうい異界を漂〉いながら〈ゆるぎない現実感〉（田辺聖子前掲解説）を持つことに比せばより明らかな）大人の純文学としては著しく現実的なリアリティが無視されてしまっているところが、「デューク」や「草乃丞の話」にもまったく同様に当てはまる、彼女が出発期以来の童話作家であるという江國香織の本質だとして、それが最も端的に表われているという意味で、まさしく「すいかの匂い」は連作集の表題作の位置を占めるのみならず、江國香織のある種の典型的な作品にもなっているのである。

（武蔵野大学元教授）

『神様のボート』に乗って――一度出会ったら、うしなわないもの――

中上　紀

本書『神様のボート』は、三十代のピアノ教師葉子と娘の草子との交互の視点で小タイトルのつけられた章ごとに細かな日常の断片を描くという形で綴られた、長い長い旅の物語である。旅は、葉子の別れた恋人であり草子の父親でもある〈あのひと〉と再会するという名目で、草子が生後六ヶ月の時から続いている。もっとも、旅と言っても二人のそれは、知人がいるわけでもない見知らぬ街で短い期間を暮らし、また別の街に移動するという、あてもない移動だ。唯一「あて」があるとすれば、〈あのひと〉が葉子をいつか見つけてくれる、という期待である。葉子は、ある時期が来ると〈なじんでしまう〉ことを恐れ、別の場所に引っ越す。幼い草子は、はじめは行く先々で出来た友人といつか別れてしまうことへの寂しさを漠然と抱きながらも、黙って母についていく。しかし成長するにしたがい娘は戸惑いを抱きはじめる。葉子は、草子に旅をすることへの理由を〈神様のボートにのってしまったから〉と伝えている。ボートの乗り心地は、どんなものなのだろう。風の状況によって、水面に出来た小波によって、あるいは、乗客のちょっとした動きによって、ボートは方向を変える。どこへ行くかわからないし、ひっくり返ってしまうかもしれない危険もあるが、乗客たちは皆笑顔で、流れゆく風景の変化を楽しみ、夢の中のように甘い時間を過ごしている。

本書を読みながら、私の中にある記憶が蘇ってきた。何度か行ったことのある、ミャンマーの、都市部からだいぶ離れた高原にあるインレー湖という湖でのことである。泥と藻を積み重ねた浮島に家を建てたり畑を作ったりして生活をする少数民族が、木だけで出来た心もとない小舟に乗って、湖面をつうっつうっと滑っていく。旅行客たちは、たいがいホテルから出ている観光用モーターボートで、湖周辺のあちこちを見て回るのだが、浮島と浮島の間の運河に入ると、たくさんの小舟とすれ違う。その土地の民たちは、仕事に行くにも、学校に行くにも、逢引をするにも、小舟に乗るのである。小舟はともすれば転覆しそうなほど簡素なのに、それぞれが、乗っている人々が抱く現実をしっかりと支えている。なぜなら、小舟には必ず漕ぎ手の男が居る。片足で、彼らは巧みに櫂を操る。不安定な小舟を常に水平に保ちつつ漁をしたり農作業をしたりするうちにそういう漕ぎ方になったらしいが、ともかく、ぴんと張った筋肉に包まれた強靭な足を持つ漕ぎ手の導きによって、女も子供も老人も、何の不安も抱かずに行きたい所に行け、会いたい人に会える。

その点、葉子の言う〈神様のボート〉には、操縦者が不在である。もちろん舞台は歩くたびに足元がゆらゆらする浮島が転々とする異国の湖ではなく、硬い地面がありシステム化された社会があり文明がある日本なのだから、必ずしも男が櫂を握る、つまり肉体的に男を頼る必要はない。女性たちは皆独自の地図を頭の中に描いており、それを元に堂々と生きている。だが、葉子のボートには、地図もない。地図がないから操縦することを放棄してしまい、風任せにならざるを得ないのだ。ただ〈あのひと〉との再会という信念にも似た目的のみが、かろうじて地図に似た働きをする。それは、砂漠に揺らめく蜃気楼をオアシスの街だと勘違いして突き進むようなものである。あるいは、彼女はすでに、心地よいオアシスの中におり、そこを彷徨い続けていると言った方が正しいのかもしれない。旅先で落ち着くと葉子はまず楽器を扱う店を探す。〈あのひと〉はかつて楽器店を営んでいたからだ。されどその店には〈あのひと〉はいないことも彼女はまた〈わかって〉おり、安堵すらする。そして、甘く美しい思い出に浸り続ける。〈箱の中〉に入れてしまった思い出は、決して彼女を裏切らないからだ。

子供は、ある年齢に達するまでは、親の言うことを無条件に信じる。けれども自我が芽生えてくれば、学校や友達との間でのさまざまな経験、外で見聞きしたこと、本などで読んだことなどから、親の言うことの矛盾におのずから気づく。草子も然りである。それにしても、この二人の間には、一般的に想像する母子感が皆無だ。どんな母でも子を生んで育てている限り、張り詰めた乳房を含ませ糞尿に塗れたオムツを交換するといった生々しい日々を経ていくはずなのに、二人を取り巻く空気には、へその緒でつながれた母子という肉感がない。出産を回想する時さえ、思い出すのは自分のうめき声でも、破水したときの感覚やいきむときの痛みではなく、白いカーテンの向こうの夜空で瞬いていた星だつた。絵画の中の優しげな母子像のごとく、美しい表層、綺麗な瞬間だけを凝縮した空間とでもいうべきか。

〈ただ、どうすればいいのかわからなかった。まるでさっぱりわからなかったのだ〉

若い頃の葉子は、髪を〈コットンキャンディー色〉に染め、家出を繰り返した。母の反対を押し切って大学ピアノの個人教授だった桃井先生と結婚したのは、先生がそうした過去を含む葉子のすべてを受け入れてくれたからだが、〈あのひと〉のことや草子のことでさえ先生は寛容だったのに、彼が〈何も望まない〉ことに葉子は不満を覚え、やがては罪の意識に自ら彼の前を去った。〈あのひと〉が、借金を抱えて出奔する際に言った、〈かならず葉子ちゃんを探しだす。どこにいても〉という言葉を信じ、高萩、逗子、川越、草加、今市、佐倉などを、転々とする。放浪は、桃井先生が出した〈東京からでていってほしい〉という悲痛な叫びにも似た離婚条件のせいもあった。たどり着いた土地で葉子はピアノを教え、夜はバーで働き、草子も小学校に入れるが、いつも〈なじんでしまう〉前に次の場所に移る。だから、二人が踏みしめている地面は硬い大地ではなく、湖の浮島のようなもので、水面すれすれに揺らぐ感覚と視界を流れ続ける風景は、ただ心地良いのだ。あまつさえ、櫂を操る船頭がいないので、すぐにでもひっくり返ってしまいそうだというスリルもある。ひっくり返る前に移動するので、安定が保たれていたようなものである。小舟を、自らひっくり返したのは、成長した娘の草子だ。もっとも、草子は母親の感性にどっぷりと浸って育ってきたわけで、多少理不尽な思いはしても、旅しかしたことがない彼女にはそれがすべてだった。だが思春期になった彼女は、恋をした。父親代わりだった〈記述はないが法的には離婚前の出産なので実の父親になっているはずである〉桃井先生に雰囲気のよく似た美術教師に、おぼろげな好意を抱きはじめた頃から、何かが違うと思いはじめる。葉子はひっくり返されたボートを元に戻そうとするのだが、草子は再びの乗船を拒否する。草子のいないボートは、バランスを崩し、以前のような快適な揺らぎをしてはくれない。旅に終わりを告げる時が来てしまうことを葉子が、そして読者が悟る瞬間だ。

そもそも、〈あのひと〉は、なぜ去ってしまったのだろう。楽器店の経営破綻という理由は提示されているものの、読者は納得出来ない。さらには、描かれている二人の恋愛の輪郭が、おぼろげである。〈あのひと〉は妻子ある男だった。草子にも夫がいた。配偶者という存在を飛び越えた恋愛には、形がない。夢や幻に形がないように。だから未来を築くことが出来ない。砂の上に城を築くことが不可能であるように。不倫は、いまこの瞬間だけを重ね合い、求め、溺れ、泣き、また求めと言った経緯を繰り返す不毛の代名詞のような恋愛の形である。各配偶者の影はいやがおうでも浮かび上がり、嫉妬が渦巻く。しかし彼女の回想に〈あのひと〉の妻は、まったく登場しない。さらには夫である桃井先生は考えられないほど寛容な人で、〈あのひと〉のことを「皮肉めいた」目で見ながらも許し、草子を実の子のように可愛がった。しかも、葉子との結婚生活で肉体的行為は一切行わなかった。桃井先生は葉子が去ってすぐにかなり若い女性と結婚したと後でわかるが、この新しい妻との生活も、いくら想像しても、まるで老人が孫か遅くに出来た娘を手ばなしで可愛がっているかのような風景しか浮かんではこない。性的な匂いが欠落しているのは、草子という子供まで作った〈あのひと〉との関係においても、である。男女の営みのシーンでさえ、薄い霧に包まれたような、ピアノの調べのように始まりそして終わるロマンティックな行為として描かれてはいても、べたつく汗や部屋に籠もる匂いなどとは無縁である。二人で飲むお酒でさえも、シシリアンキスという異国情緒たっぷりの名のついた、とろけるように甘いカクテルで、ビールや焼酎とはほど遠い。

しかし、こうまで精緻に、現実の肉感というものが排除された関係にも関わらず、いつの間にか、読者は葉子の中に入り込んでしまう。あるいは、娘の草子のように、事細かに耳に吹き込まれるいろいろな美しい物語を、羨ましいと思い憧れすら抱いてしまう。シシリアンキスを、飲んでみたいと思ってしまうのである。これはあくまでも、葉子の頭の中で思い描く美化された過去の世界であって、実際のところ、ひょっとしたら桃井先生はマザコンか性的不能者なのかもしれないし、〈あのひと〉と葉子は肉欲に溺れたセックスをし、やがて不倫が泥沼化して、奥さんが泣き叫ぶ幼子と一緒に乗り込んで来て口汚く罵られた挙句別れたのかもしれない、などと下世話なことを考えてしまうにも関わらず、惹かれずにはいられない。紛れもなく、物語の力だ。現代の語り部として作者は、読者の心をその心地よい深部にまで運んでいく。そして、中盤にさしかかったところで、読者ははたと気づく。もしかしたら、葉子という主人公は、現実とそうでない世界との間に線を引くときの基準が、尋常とは違う次元にある人だからかもしれないと。一般的な観念とは別のところで呼吸している人なのかもしれないと。そこに到着するまでのキイは、ボートの上の葉子以外の唯一の乗客にして、〈あのひと〉の肉体によって確固たる現実としてこの世に生を受けた娘であり、葉子の独自の世界と我々がいる大地との接点である草子が握っている。告白しよう。「秋の風」の章の、冒頭のくだりを読んだ時のことだ。

〈一度出会ったら、人は人をうしなわない〉〈あのひとがいたら何と言うか、あのひとがいたらどうするか。それだけで私はずいぶんたすけられてきた。それだけで私は勇気がわいて、ひとりでそれをすることができた〉

読みながら、涙が出てきたのである。小説的には泣く場面はもっと後で、最後に独りきりで眠っていた葉子が目を覚まして〈あのひと〉に再会するシーンで用意されているのであるが、先のくだりを読んで、〈あのひと〉が、十数年前に他界した父に変換されていくのを、私はどうすることもできなかった。葉子の思いを媒介に、作者は、些細だがとても繊細な言葉を放った。私の場合はここであるが、全編に読者をはっとさせる、魂を揺さぶる「思い」が散りばめられている。そして、読者は気づくのだ。〈あのひと〉は、どんな「ひと」にでもあてはまるのだということに。恋人であろうと、なかろうと、生きていようと、いまいと、読者の心の中にいて、大切な存在で、忘れたくない人であるのなら、その人が、〈あのひと〉であるということに。だから生々しい肉感など必要がない。葉子の行動や思考に現実味がなくても良い。なぜなら、葉子は読者自身なのだ。ボートに乗っているのは、我々なのだ。そして草子は、〈あのひと〉とのかかわりによって生まれた、我々すべての、地に足のついた未来なのだから。

（作　家）

「冷静と情熱のあいだRosso」論――その基礎的研究――

野末　明

一、書誌事項

この作品は、江國香織と辻仁成の共作である。最初に書誌事項を記す。

江國の『冷静と情熱のあいだRosso』は、初出は、「月刊カドカワ」（97・5–98・2）と後続誌の「feature」（98・5–99・7）である。単行本は、加筆・訂正して一九九九年九月三十日に角川書店から出版、全十三章・二七一頁からなる。イラストは、PEPPO BLANCHESSIで、ブックデザインは角川書店装丁室である。江國の「あとがき」（一九九九年　初秋）を付す。文庫本が、二〇〇一年九月二十五日に角川書店から出版。イラストは、CHIZU TAKAGI。

辻の『冷静と情熱のあいだBlu』は、初出は、「月刊カドカワ」（97・6–98・3）と後続誌の「feature」（98・6–99・8）である。単行本は、加筆・訂正して、一九九九年九月三十日に角川書店から出版、全十三章・二五八頁からなる。イラストは、PEPPO BLANCHESSIで、ブックデザインは角川書店装丁室である。辻の「あとがき」（一九九九年九月七日）を付す。文庫本が、二〇〇一年九月二十五日に角川書店から出版。イラストは、CHIZU TAKAGI。

この二冊を合わせた本が江國香織・辻仁成『愛蔵版　冷静と情熱のあいだ』で、二〇〇一年六月十日に角川書店から刊行。全二十六章・四五三頁からなり、rosso→blu の順に掲載し、再構成したもの。イラストは、PEPPO BLANCHESSI で、ブックデザインは角川書店装丁室である。イタリア語で表題の下に「Calmi Cuori Appassionati Kaori Ekuni Hitonari Tsuji rosso & blu Kadokawa Shoten」とある。

まず、初出の構成を記す。各回の下にイタリア語が記載。

①、「月刊カドカワ」15巻5号（97・5・1）
第一回「人形の足」江國香織　P94-105

②、「月刊カドカワ」15巻6号（97・6・1）
第一回「人形の足」辻仁成　P166-177

③、「月刊カドカワ」15巻7号（97・7・1）
第二回「五月」江國香織　P244-255

④、「月刊カドカワ」15巻8号（97・8・1）
第二回「五月」辻仁成　P206-217

・芽実は、「小さい頃に父親と離婚したイタリア人の母親のことが心にずっと引っ掛かっている。」単行本では「母親」を「父親」に訂正し、「引っ掛かっている」を「引っ掛かっていた」に訂正した。

⑤、「月刊カドカワ」15巻9号（97・9・1）
第三回「静かな生活」江國香織　P216-227

⑥、「月刊カドカワ」15巻10号（97・10・1）
第三回「静かな生活」辻仁成　P182-193

・冒頭に「連載小説　辻仁成―江國香織

阿形順正と柿原あおいはかって恋人同士だった―。イタリアを舞台に辻仁成が順正を、江國香織があおいを描く。交差する二人の恋愛小説。」と記す。

⑦、「月刊カドカワ」15巻11号（97・11・1）

第四回「静かな生活」2　江國香織　P208-218

⑧、「月刊カドカワ」15巻12号（97・12・1）

第四回「秋の風」辻仁成　P244-255

・ミラノに阿形順正と恋人芽実が芽実の母に会いに行く。単行本では「母」ではなく「父」に訂正される。

最後の「呟いていた。」は「呟いてみた。」に訂正される。

⑨、「月刊カドカワ」16巻1号（98・1・1）

第五回「東京」江國香織　P240-251

⑩、「月刊カドカワ」16巻2号（98・2・1）

第五回「灰色の影」辻仁成　P256-267

⑪、「月刊カドカワ」16巻3号（98・3・1）

第六回「秋の風」江國香織　P236-246

以下は後続誌「Feature」（98・5-99・8）に掲載。連載は、二年三か月に及んだ。「Feature」誌は、国立国会図書館・都立中央図書館等主要な図書館に所蔵なく調査できなかった。初出誌の大きな誤りを単行本で訂正する。また、初出では、イラストで、イタリアの食べ物や生活をユーモラスに紹介している。

次に単行本の章立ては以下の通りである。各章の左隣に、イタリア語訳が記載。

江國香織「冷静と情熱のあいだ Rosso」
第1章　人形の足　piedi della bambola
第2章　五月　maggio
第3章　静かな生活　una vita tranquilla
第4章　静かな生活　2una vita tranquilla/parte due
第5章　東京　Tokyo
第6章　秋の風　il vento autunnale
第7章　灰色の風　l,ombra grigia
第8章　日常　la vita quotidians
第9章　手紙　la lettera
第10章　バスタブ　la vasca de bagno
第11章　居場所　c,e posto
第12章　物語　la storia
第13章　日ざし　il raggio del sole
あとがき
辻仁成「冷静と情熱のあいだ Blu」
第1章　人形の足　piedi della bambola

第2章　五月 maggio
第3章　静かな呼吸 un alito tranquillo
第4章　秋の風 il vento autunnale
第5章　灰色の影 l,ombra grigia
第6章　人生って…… che vita e,
第7章　過去の声、未来の声 la voce del passato,la voce del futuro
第8章　薄紅色の記憶 un dolce ricordo
第9章　絆 legame
第10章　青い影 l,ombra blu
第11章　三月 marzo
第12章　夕陽 il sole del tramonnte
第13章　新しい百年 il nuovo secolo
あとがき
江國香織・辻仁成「愛蔵版　冷静と情熱のあいだ」
第1章　人形の足 piedi della bambola　rosso
第2章　人形の足 piedi della bambol blu
第3章　五月 maggio rosso
第4章　五月 maggio blu

第5章　静かな生活　una vita tranquilla rosso
第6章　静かな呼吸　un alito tranquillo blu
第7章　静かな生活　2una vita tranquilla/parte due
第8章　秋の風　il vento autunnale
第9章　東京　Tokyo
第10章　灰色の風　l,ombra grigia
第11章　秋の風　il vento autunnale
第12章　人生って……　che vita e,
第13章　灰色の影　l,ombra grigia
第14章　過去の声、未来の声　la voce del passato,la voce del future
第15章　日常　la vita quotidians
第16章　薄紅色の記憶　un dolce ricordo
第17章　手紙　la lettera
第18章　絆　legame
第19章　バスタブ　la vasca de bagno
第20章　青い影　l,ombra blu
第21章　居場所　c,e posto
第22章　三月　marzo

第23章　物語　la storia
第24章　夕陽　il sole del tramonnte
第25章　日ざし　il raggio del sole
第26章　新しい　百年　il nuovo secolo

二、共作の意義

あらすじを記し、共作の意義、成立事情について考えてみたい。

阿形順正と柿原あおいは、共に外国で生まれ育つ。あおいはミラノの日本人学校に通い、順正はアメリカで育ち、日本の大学で二人は出会う。あおいは大学近くのアパートに住み順正は梅ヶ丘に住む。しかし、あおいは順正の子を身ごもり順正の父に無理やり堕胎させられてしまう。二人は卒業式間際に別れ、順正は、画家の祖父清治のもとで修業し修復師となり、イタリアに行く。あおいは、イタリアのミラノで、アメリカ人のワインの輸入をしている三八歳の実業家マーブとアパートで同棲し、老姉妹の経営する宝石店で働く。順正は、修復師として働き、工房の先生の年上の女性ジョバンナに愛されるが、彼女は自殺。恋人芽実の父に会いに行く。頼りにしていた祖父も死去する。あおいは、大学の同級生崇から順正のことを聞き、順正から手紙をもらい次第にマーブから心が離れ、マーブと別れる。二人は、二〇〇〇年五月二十五日あおいの三〇歳の誕生日にフイレンツエのドゥオモで会う約束を果たす。数日間愛し合い二人は別れ新たな道を歩んでいく。傍線部が、江國の書いた所である。江國は、あおいのミラノでの生活を淡々と描き、辻は、東京とイタリアの波乱に満ちた生活を粘り強く描く。

あおいがマーブの姉アンジェラと三人で夕食の卓を囲む。あおいは「和食」を作り、「好評」だった。

私たちは三人で食卓を囲み、それは平和でしずかで穏やかな、それでいて知らない者同士がどういうわけか相席をさせられたとでもいうような、奇妙に距離を感じる夕食だった。目の前にいても、たぶん姉弟でも、胸のなかはとても遠い。世界の果てくらいに。

この近いのに「距離」があり、極めて「遠い」感覚は、なんだろうか。この小説全体を通して感じるのは、人間と人間の間にある濃密さを描かず、あえて稀薄に描く姿勢である。常に「距離」があり、そこが、何か怖い所でもある。それと反対に辻は、恋人を持ちながらいちずにあおいを思い続ける繊細な青年順正を情熱的に粘り強く描く。共作の形でそこがうまく補完し合っているのである。

江國は、人間関係の希薄さに反して、食事・習慣・調度など日常生活には細部までこだわりをみせる。

木曜の夜はよく映画を観る。映画館はひどく混んでいるのだけれど、ダニエラもルカも、その方がいいと言う。すいた映画館などわびしくてちっとも幸福じゃない、のだそうだ。それに、おなじ週末でも金曜日からはやっぱり郊外にでたいじゃない、と、ダニエラは言う。私にもマーブにもそれはよくわからない。二人とも、いつもの場所でゆっくりできる方が好きだから。（中略）いずれにしても、ここのひとたちはみんなダニエラのように考えているらしく、木曜の夜の映画館はとてもにぎやかだ（マーブと私はロビーの雑踏にさえひるんでしまう）。

木曜日には映画館がいっぱいで金曜日には郊外に出ようとするミラノの人々の習慣を描き、その中でアメリカ人と日本人が所詮異邦人でしかないことを浮かびあがらせている。このあおいの「雑踏にさえひるる」む出不精のところはエッセイに描く所の作者の江國自身とも重なる。後述するが、ミラノの取材の時も、日常の「瑣末なこと」にこだわったというが、それがよく現れた部分である。「あとがき」で「晴れた日の下北沢で、この、一風変わった小説計画は生まれ」「どんより曇った冬のミラノで、この小説は血や肉を得」たと記す。そして、「ミラノでのあらゆる手配を完璧にこなして下さった」「素晴らしい濃やかさで小説のディテイルを支え、私をたびたび救って下さった中尾御夫妻」や、「日本人学校の先生」そして、「フレンツェで「バタとくるみをはさんだ干しイチジク」を伝授して下さった阿形さん」への「謝辞」を記す。最後に「作家として私にない資質ばかり備えているナイーブなパートナー、辻仁成さん」に「謝辞」を記す。単行本・文庫本の末尾には、協力が日本航空、スペシャルサンクスとして中尾伸次・中尾和美・阿形佳代・FABRIZIO RIVA・中原恭子・大久保靖子・創形美術学校修復研究所を記す。「取材」がこの作品の成立には欠かせないものだったことがわかる。

「辻仁成・江國香織対談」及び角川書店の担当編集者竹内由佳「冷静と情熱のあいだ」(『辻仁成の貌』01・11、KKベストセラーズ)そして辻仁成・江國香織「対談：作家が共作するということ『冷静と情熱のあいだ』をめぐって」(「本の旅人」99・10)はこの作品の成立事情を記している。一九九五年広島の日本ペンクラブ主催の「平和集会」で知り合い意気投合し、下北沢の喫茶店で「二人でおもしろい仕事をしたい」と思い、一九九六年暮れに江國が角川書店に連絡、「細かい打ち合わせ」をした。「主人公のプロフィールを、レポート用紙に」「細かくまとめあげ」た。そして二人でミラノとフイレンツエに取材し、江國の方が「取材が多く」カメラに向かい「瑣末なこと」をいい、辻は「モノローグが長」かったという。執筆形式は、「連載中にFAXでやりとりして、一方が読んでから、もう一人が書き始めるやり方」だった。その調整に二人も編集者も苦労した。「一回違う人の頭を通ったものが、自分の作品となって返ってくる」。だから、「相手」は、「夫婦同然」で「文壇上の夫婦」と言い切る。あおいは江國自身、順正は辻自身で書くことは「一種の擬似恋愛」であったという。

二人の評価は高いが他者の評価は低い。髭「読まずにすませるベストセラー」(「新潮45」02・2)は江國と辻ならさもありなん「ありきたり」の作品と批判、また、斎藤美奈子は「百万人の読書32：『悪感と発熱のあいだ』と改題したい世紀の正統派「××小説」」（「月刊百科」02・2）で結局は古い「妊娠小説」にすぎないという自作の宣伝めいた批判をした。この二つの面が、二〇〇一年のトレンデイ俳優竹之内豊とケリー・チャン主演の映画によって助長されてしまった。大ベストセラーで、二〇〇一年の十二月までに二五〇万部売れた。評判の割には正面きった批評はない。九年後二〇〇八年に再び辻が『右岸』江國が『左岸』という「コラボレーション小説」を刊行する。

（都立練馬高校教諭）

『薔薇の木 枇杷の木 檸檬の木』——〈恋愛エネルギー〉の生成——

押野武志

『薔薇の木　枇杷の木　檸檬の木』は、二〇〇〇年四月に集英社から単行本として刊行され、二〇〇三年六月に集英社文庫に収められた。江國香織は本作の前に、『こうばしい日々』(90)、『綿菓子』(91)などのジュブナイル小説では、少年・少女の初恋の物語を、『きらきらひかる』(91)では、ホモセクシャルな夫とアル中の妻と夫の恋人との奇妙な三角関係の恋愛小説を、『落下する夕方』(96)では、死の影を帯びたヒロインに魅せられ、別れてしまうカップルの悲恋を、辻仁成との共作『冷静と情熱のあいだ　Ｒｏｓｓｏ』(99)では、すれ違う男女の物語を書き、さらに本作の翌年には、二人の少年と年の離れた既婚女性との不倫小説『東京タワー』(01)を書いている。さまざまな、恋愛の形を描いてきた江國の恋愛小説にあって、本作が他の恋愛小説のテーマと重なりつつも大きく異なっているのは、なんといっても登場人物の多さである。獣医の山岸朋也、妻で専業主婦の道子。水沼郁夫の妻の陶子は、山岸のかつての恋人である。草子は陶子の妹で、山岸に片思いをしている。後に藤岡とお見合いし、婚約する。茶谷麻里江は草子の会社の上司で独身主義を貫いているが、作品の最後で山岸に惹かれ始める。近藤慎一、綾夫妻には裕一という一人息子がいる。夫婦の関係は冷めていて、慎一はたまたま公園で知り合った陶子と不倫の関係になる。フラワーショップのオーナー・篠原エミ子は、夫の敏久に一方的に離婚を迫る。カメラマンの土屋保、出版関係の仕事に従事しているれい子は、お互い干渉し合わないという関係を保つ夫婦である。土屋の愛人でモデルの衿は、土屋の子供を妊娠する。また土屋は、れい子の会社でアルバイトをしている小島桜子とも関係を持ってしまい、これを知ったれい子は土屋と別れることを決意する。九人の女性たちを中心に交互にそれぞれの視点から語られ、登場人物たちの人間関係や夫婦生活、恋愛関係も複雑にからまり合う。

文庫版裏表紙に記された内容紹介によれば、〈恋愛は世界を循環するエネルギー。日常というフィールドを舞台に、かろやかに、大胆に、きょうも恋する女たち。……9人の女性たちの恋と、愛と、情事とを、ソフィストケイトされたタッチで描く「恋愛運動小説」〉とある。

このような一種の恋愛群集劇の特質について、文庫版の解説で唯川恵は、最初はたくさんの登場人物のうちの特定の誰かに感情移入して物語の流れに乗ろうとしたが、誰にでもあてはまるような気になったという。だが事態は逆なのではないのか。あえて特定の主人公たちに感情移入させないために多くの登場人物を配したのではないかと思われる。〈恋愛エネルギー〉あるいは〈恋愛運動〉という命名の意味は、恋愛をアラベスクのような幾何学的な文様の総体として、さらには生成変化する様態として捉えようとした点にあるのではないだろうか。九人の女性たちのうち母である綾を除けば、離婚したり、不倫したり、妊娠したり、処女を失ったり、婚約したり、新しい恋の予感を感じさせたりと、男女関係が生成変化していく。それらの様相を江國は、登場人物たちと等間隔で距離を保ち、特定のキャラクターに固執することなく俯瞰的に記述する。上述したあらすじだけを追っていくとドロドロしている不倫話・不和話にしか見えないが、登場人物たちの食べ物の趣味やファッション、都会のおしゃれなライフスタイル等々、登場人物たちのほどよい干渉と無関心・距離感が、都市風俗小説的な雰囲気を醸し出している。

江國は明らかに、本作が掲載された雑誌の性格と読者層を意識している。本作の初出は、「ＳＰＵＲ」という、三十歳前後をターゲットにした女性ファッション誌に一九九七年五月号から一九九九年六月号に連載された。時代背景も一九九〇年代初頭の東京が舞台で、中産階級の男女のおしゃれな、ある意味でスノッブな恋愛の諸相は、このような雑誌の性格から要請されたものだろう。九人の女性の中でも、特に登場回数の多い陶子の好きなものは、ケニー・G、シビラ、ミュウミュウ、タピオカ入りココナツミルク、アンジェリーナのチェリーシブースト等々、おしゃれな音楽やブランド、食べ物が並ぶ。結婚する前の彼女の職業はペットショップのトリマーである。彼女の夫も、おしゃれに気を使い、細めのネクタイを強く結ぶ。アンティークの食器が趣味で、アナズジンジャーシンズ（スウェーデンのクッキー）を好む。口論した翌日、妻に花を贈ることを習慣にしている夫でもある。女性たちはしばしばエミ子の花屋に出かけ、花を求める。フリージア、カーネーション、ミモザ、薔薇と花々に彩られる。そのほか、都心のマンション、ホームパーティ、おしゃれなカフェやお店がたくさん出てくるこの本は、タウン誌的な性格も兼ね備えている。花々を配した美しい装丁も、女性読者の購買意欲を刺激する。

タイトルの意味だが、繁茂・循環する人間関係を木のメタファーであらわしているのではないだろうか。単行本の装丁は、薔薇と枇杷と檸檬が蔦にからまるかのように配置されている。さらに本作は「かつて、庭にすもの木を植えてくれたひとに」という献辞が記されている。作中においても、枇杷の木と薔薇の木は重要なメタファーとして機能している。枇杷の木は、かつて衿が子供のころ住んでいた父の家の裏庭に植えられていたものである。その後、両親は離婚し今は母と祖母と暮らしている。枇杷の木のある家＝父のいる家に憧れながらも、衿はシングルマザーになることを決心する。薔薇の木は道子の性的な欲望の代償物である。道子のガーデニングは山岸に〈奥さんの薔薇園〉と名づけられるほど道子を夢中にさせる。結婚して通い始めた料理教室の講師の助手と大胆にも自宅で不倫し、その後捨てられたことがきっかけだった。彼女の男性に対する性的な欲望は、薔薇への情熱に取って代わられる。衿は母になることだけを願う女性である。

道子は山岸に男性的な魅力を感じられなくなり、夫との性生活を放棄し、母になることを望まない女性として描かれ、対照的な関係にある。山岸も恋愛エネルギーが枯渇していると草子に告げる。陶子もまた〈母親という人種〉になりたくない女性である。エミ子はさらに結婚という縛りからも逃げ出してしまう。十一年の結婚生活の間、彼女は夫に黙って二度中絶している。子供がいるのは近藤夫婦だけである。唯一の母である綾は凡庸な主婦として描かれる。育児マニュアル書を参考に息子をしっかり育てようとあせっているが、息子の言うことはさっぱり理解できない母親である。夫に愛を感じている模様はないのだが、二人目の子供が欲しいと願うも、近藤は求めるときには応じてくれない。子を望む家庭的な母親は否定的に描かれている。それでも、フランス製のネグリジェとボディー用の乳液が〈鬼ばばあ〉に変身することを守ってくれる。

他方、男性の描かれ方はどうなっているだろうか。山岸の女性に対する認識〈理性ではない何かに支配されている〉や近藤の認識〈女は概して感情的だ〉にあるように、男性視点の語りは多様な女性視点に比べ、保守的である。妊娠を告知された土屋は、望まぬ妊娠にオロオロするという斎藤美奈子が命名した〈妊娠小説〉の典型的な男性主人公である。ただし、衿は避妊をしなかったのではなく、確信犯的に子供をつくり、一人で育てようとした点が、これまでの妊娠小説とは大きく異なる。

四十歳独身の麻里江はホームパーティで出会った山岸に興味を抱き手紙を出し、山岸も麻里江とゆっくり話してみたいというところで物語は終わる。山岸にはもはや〈恋愛に対する強いエネルギー〉はない。しかし麻里江は〈エネルギーがあるから恋愛をするわけではなく、恋愛がエネルギーを産むのだ〉と思う。ここまで描かれてきた恋愛とは異なる、二人の新たな恋愛の生成の可能性が示唆されている。

（北海道大学准教授）

『ウエハースの椅子』――絶望を生きるという覚悟――

石川偉子

「ウエハースの椅子」は、雑誌「俳句現代」に一九九九年八月から翌年の九月まで連載された長篇小説である。三十八歳、画家である〈私〉には七年来の〈恋人〉がいる。その〈恋人〉には妻子がある。父と母の〈ちびちゃん〉として、愛されてはいたがいつも孤独であった子供の頃の記憶と、満ち足りた現在の恋愛が交差する時間の中で、〈私〉は次第に〈恋人〉との関係に疑問を持ち始め、〈すっかりみちたりたあと〉にやって来る死を待つようになるという内容である。

文庫版『ウエハースの椅子』（角川春樹事務所・04）解説において、金原瑞人氏が〈ストーリーは……ない……といっていいと思う。〉と述べるように、作品に明確な筋や、緩急ある流れはあまり感じられない。作中には、〈七月のある朝〉から年を越して梅雨の季節まで、約一年の時間の流れがあるのだが、極めて限られた人物〈恋人・妹・妹の恋人・のら猫〉と〈私〉が暮らす現在のエピソードと、子供時代の記憶が交互に入れ替わるという小説の構成によって、過去の回想による現在の時間の断絶が繰り返され、このことによって感覚が麻痺し、時間が流れることなく一ヶ所に停滞しているような印象を受ける。しかし、感覚の麻痺こそ「ウエハースの椅子」の面白い点であり、この現在と過去の繰り返しの世界から抜け出せず、閉じられた空間に留まる〈私〉のあり方こそ、小説の魅力の一つであろう。

〈私〉と〈恋人〉の関係を簡単に言えば不倫であるが、作中においてそれは問題とならない。恋愛の駆け引きや世間への罪悪感、相手への嫉妬などを思う隙間もなく、二人は互いによって満たされており、それ以上に望むことは何もないという恋愛をしているのである。この恋愛関係のあり方を見ても、いかに〈私〉が一つの空間に閉じているかが分かる。何物も入る隙間のない二人の関係は、〈すべてのあと、私たちの体はくたりと馴染んでくっついてしま〉い、それは〈血のつながった二人の幼い子供みたい〉であるといい、〈私〉にとって、自分の理想をすべて与えてくれる人に頼り、まるでその人物と同一であるかのように感じるという、非常にナルシスティックな一面を持つものである。そして、それは独立した二人の個が寄り添って一つとなるのではなく、〈私〉という個を、〈恋人〉が内包してしまうことによって成り立っているのである。こうして、〈私は恋人によってこの世につなぎとめられ〉、いつしか〈恋人といるときの私がすべて〉と感じるまでになる。

こうした〈恋人〉との関係は、〈役に立たない〉〈紅茶に添えられた角砂糖〉のようであり、何も選ぶことが出来ない子供時代を過ごした〈私〉にとって、〈自由〉であり、自分の居場所を与えてくれるものであった。しかし、ただ〈恋人〉が与えてくれる愛に充足する幸せは一転、絶望を孕んでいる。〈私たちはそれ以上なにも望むことがない。終点。そこは荒野だ。〉というように、〈私〉の居場所が行き止まりであり、〈恋人〉によって隔離されていること。そして、どこへも行き着かない絶望の世界にただ一人、子供時代と変わらない〈現実からはみだしている〉かのような孤独を抱えて立っていることに気付くのである。

子供時代の〈私〉は、孤独との折り合いを物事の内側に入っていくのではなく、ただ外側から静かに眺めるという〈女スパイ〉の役目を自分に課すことでつけていた。外側から、自分自身は介在できない物事を記憶することでしか自分の場所を築くことが出来ず、しかも、意志を持って見ようとするのではなく、ただ眺めるということは非常に孤独なことである。こうした孤独な態度を、子供時代と変わらず、大人になった現在も続けているのである。

こうした、孤独な〈私〉の周囲は、その閉じられた世界とは対照的に、常に変化し流動性を持つものとして描かれる。子供時代の回想に登場する大人や、学校の〈おともだちたち〉、そして学生時代の友人達は、それぞれ自由に生き、〈私〉の妹も、旅行好きで年中日に焼けており、半年以上続いた恋人もいないというように活発である。そして、それらは〈みんなどこにいってしまったのだろう。にぎやかだったのに。みんなどこかにいってしまった。父も母も。〉〈みんなやってくるのだ。やってきて、帰っていく〉というように、周囲は〈私〉の前を通り過ぎて行くだけで、〈私〉はただ外側から眺めることしかできないのである。こうした、外側から眺める〈私〉の姿勢は、気付いてしまった孤独を増幅させていく。また、うまく付き合っていると思っていた絶望は、〈私〉に〈世界の外側にいるんだ。内側には、永遠に入れてもらえない〉と現実を突きつけ、挑発する。そして、〈私〉は〈恋人と別れさえすれば、私はたぶん、一介の女スパイに戻れるのだ〉と、どこへも行き着かない絶望の世界から逃れようと、〈恋人〉との別れを決心する。しかし、〈一介の女スパイ〉に戻ったとしても、スパイは内側に入ることは出来ない。〈私〉は、孤独から逃れることは出来ないのである。

次に、作中に多用される水のモチーフについて考えたい。水といえば、流動的なものの象徴される場合が多い。しかし、「ウエハースの椅子」における水は、事物を流す水としてではなく、〈私〉を閉じた世界へ沈める、動きのない留まる水として現れている。水のモチーフは、すべて〈私〉と共に描かれる。〈私〉はプールに通い、何かにつけシャワーを浴び、風呂へ入る。そして、どんな時もコーヒー・紅茶・ハーブティー・ワイン・ビール等の飲料を飲む。〈私〉は、自分の身体を液体に浸けるだけでなく、自らの内部も水分で満たすのである。そして、〈私〉の暮らすマンションは〈海の底に沈んでいる。〉かのように静かで、仕事場は〈不思議なことに、ドアをあけ放っていても、アトリエの空気は部屋の外にでていかない。ゼリー状のようにふるふると、じっとそこにとどまって〉いる。さらに、こうした〈私〉の世界は、常に降る雨にすっぽりと覆われている。これら、小説内の水のモチーフは、どこへも流れ出ることが出来ず、閉じ込められた私の世界を示すだけではなく、ガストン・バシュラールが『水と夢』（国文社・69）において、水面に映る自分の美しさに囚われて命を落とすナルシスの神話やポーの詩篇などから、水が死と容易に結びつく〈絶望の物質〉であり、水の流れに沿うものは、やがて死へ至る運命にあることを指摘したように、「ウエハースの椅子」において、絶望した〈私〉の死へとつながっていく。

〈私〉が死を決意したのは、〈恋人〉が帰り際にまぶたにキスをした時、〈私ははじめて、恋人が絶望に似ていることに気付いた〉からである。身の回りのものすべてが〈絶望の物質〉に覆われた世界の中で、孤独を生きてきた〈私〉に、一時でもそれを忘れさせてくれた〈恋人〉が、絶望と似ているとなると、その先には〈死〉しかないのである。

そして、小説のラストは、水が〈絶望の物質〉であることを併せて考えるとひどく哀しい。死を待ちながら衰弱したところを〈恋人〉に発見され、〈チューブを通って、私の腕に流れ込んでくる〉〈透明な液体〉によって助けられた〈私〉は、二人で〈つめたいジャスミンティ〉を飲みながら、〈夏の休暇はカプリへいこう〉と海への旅行を計画する。絶望に似た〈恋人〉と別れられず、〈絶望の物質〉によって生かされた〈私〉は、〈またここに帰ってきてしまった。〉と、かつて逃れようとした何からも、決して逃れられないことを覚悟するのである。

（一橋大学大学院生）

『ホテルカクタス』——心地よい抗い——濱崎昌弘

作家評と作品評との間に不整合があった時、例えば集英社文庫の解説で高橋源一郎が〈『ホテルカクタス』は、江國さんの作品としてはちょっと変わったものです。〉と書いているような場合に、作家は様々な方法で自らの気持ちに折り合いを付ける。もしくは折り合いを付けた結果として更にそうなる事がある。

江國香織を〝すみれの花の砂糖づけ、の様に甘い恋愛小説家〟とだけしか見ていない読者は少なからずいる。江國にとって、それで良い（もしくは、まあ良いか）と思う時と、それではちょっと困る（もしくは、なんか疲れるね）と思う場合があるだろう。筆者は『ホテルカクタス』が後者の場合に書かれたものではないかと推察する。例えば、次の文章などは〝これこそまさに江國ワールドだ〟と思ってしまう読者が多い。

吉田君がスウォッチをみたいと言うので、109の地下のソニプラに行く。例によってすごい混雑。なかには暇な女子大生とか、なにかまちがえちゃったんじゃないのっていうようなおばさんもまざっているけれど、たいていは高校生だ。九割方女の子。ブスばっかり。

（「テイスト　オブ　パラダイス」『いつか記憶からこぼれおちるとしても』）

運ばれてきたオードヴルに目をうばわれたふりをして、れいこは屈託のない声を出す。
メインディッシュは陶子とエミ子が魚――キジハタのソテー、きのこ添え――、れいこが肉――牛の腹身肉のグリル、冷製マスタードソース――を選んだ。月曜日の午後のフランス料理屋は見事に満席で、無論どのテーブルも女ばかりだ。

（『薔薇の木　枇杷の木　檸檬の木』）

〝妻〟
そのばかげた言葉のひびき
これはほら
あれに似ている
〝消しゴム〟
ちょうど　おなじくらいの言葉の重さ

（「妻」『すみれの花の砂糖づけ』）

まさに江國だ、と思うばかりなのだが『ホテルカクタス』は違う。
「旅っていうからには、いつか帰って来るんですよね」
2も念をおしました。帽子は、うしろ髪を引かれつつハードボイルドに旅立つ、という状況が好もしく思え

ましたから、思うさまハードボイルドに、

「いつかはな」

と、こたえました。

「手紙をくれますか?」

きゅうりの質問には、ひっそりと微笑んで、

「心がけよう」


ハードボイルドと自ら書いてしまっているから、そう思うわけでは無いのだが、ここには、すみれの花の砂糖づけの様に甘い江國ワールドは無い。この物語は、ホテルカクタスと言う名のアパートに住む男達三人、帽子、きゅうり、2(数字の2)のいかにも男達ならではの日常生活(同じ人に恋をしたり、一緒に競馬に行ったり等)を描いたものである。

そこには江國らしくない、思わずメモしたくなるようなハードボイルドな科白が散見される。


「非常に文学的ですね」

「音楽は個人的なものだな」

「詩人なんだな」

「少なくとも酒はある」

「世の中に、不変なるものはないんだ」

「ここが、ほかの場所より良いって法はない」

「こんな日は、どんちゃん騒ぎに限るな」


『ホテルカクタス』は確かに一般的には江國らしくない作品、なのである。

作家にとっての作品が、どのような意図と目的を持つのかは千差万別であり、作家によっても作品によっても異なるであろうし、中には意図も目的も無い場合もあるだろう。しかし、『ホテルカクタス』の様な、作品評と作家評が明らかに不整合な場合には、何らかの意図や目的があった結果なのではと推測してみたくなる。

現在の江國評は、江國の作品世界（まだ、形になっていないものも含めて）のほんの一部を顕しているに過ぎないのではないか。そして、そのことを誰よりも江國本人が認識しているのだ。

『ホテルカクタス』、この作品は〝すみれの花の砂糖づけ、の様に甘い恋愛小説家〟と思われてしまいがちな江國が、自分の気持ちに折り合いを付けるために行った〝心地よい抗い〟の結果なのではないだろうか?

最後に、先程のハードボイルドな科白に続く文章を紹介して本稿を閉じる事とする。


「非常に文学的ですね」

と、感想を述べました。2にとって、文学は謎でした。ですから、あやしいものや、不気味なものは、すべて「文学的」なのでした。2にとって、それは便利な言葉でした。


（近代文学研究者）

『東京タワー』——彼女との関係、彼らとの関係——

黒岩裕市

私立大学の仏文科の学生である透は、東京タワーが見える部屋に編集者の母親陽子と暮らしている。中央線沿線の国立大学の経済学部に通う耕二は一人暮らしをしており、裕福な実家から十分な仕送りを得ているにもかかわらず、アルバイト中心の忙しい生活を送っている。そして透は詩史、耕二は喜美子という年上の既婚女性と付き合っている（ただし、耕二には由利という同年代の恋人もいる）。『東京タワー』は、年上の女性との関係を軸に、大学二年の十一月から三年の十一月にかけての一年間を彼ら二人の目線で綴った物語である。

透と耕二は高校時代からの友人である。だが、物語の初めから互いが互いをどう思っているかについて二人の間には温度差が感じられる。耕二にとって透は〈高校時代の親友〉であり、〈用心深さとか、まわりの人間に流されないところ〉、さらに〈年上の女〉が共通点として挙げられる。しかし、透は耕二のことを〈無条件に好き〉でありながらも、彼との関係を〈高校が一緒だった。都内でも指折りの進学校で、二人とも比較的成績がよかったが、共通点はそれだけだった〉ととらえる。年上の恋人についても、〈年上の女を故意に選〉ぶ耕二とは違うと思っている。このような温度差は透と耕二の付き合いにも反映され、耕二は透に対して〈つめたい〉と繰り返す。

ここでイヴ・コゾフスキー・セジウィックが文芸批評の領域に持ち込んだホモソーシャルという概念を参照してみたい（『男同士の絆』名古屋大学出版会、01）。ホモソーシャルとは、友情や師弟愛、ライヴァル関係など同性間の社会的絆を指すものである。男性中心社会の基盤には男性のホモソーシャルな絆があり、それを強めるために女性はモノであるかのように男性間で交換される。結婚という制度も、〈女［が］一つの家族（父の家）からべつの家族（夫の家）へ移動する〉（竹村和子『フェミニズム』岩波書店、00）ことに他ならない。見方を変えれば、称賛すべき男性間のホモソーシャルな関係が、忌避すべき男同士の性愛と同化しないために女性が必要とされているとも言える。したがって、男性のホモソーシャルな絆とは女性蔑視と同性愛嫌悪に裏打ちされたものである。

吉田司雄はこのホモソーシャル理論を用いて、『きらきらひかる』や『ホリー・ガーデン』を分析し、江國作品を〈少なくとも、ホモソーシャルな社会とはいかなるものであり、それを超える可能性があるとすればどこにあるのか、そうした問いを喚起する〉（「江國香織から遠く離れて」『工学院大学共通課程研究論叢』01）ものであると読み解く。吉田論では『ホリー・ガーデン』の中野が男同士の友情よりも果歩との関係を優先している点が注目されているが、中野以上に透は男同士の付き合いを軽視している。〈世界は詩史を中心に構成されている〉という透は〈詩史との時間〉を何よりも大切にしており、東京タワーの見える部屋で詩史からの連絡をひたすら待っている。耕二が喜美子のことを透に積極的に話す――女性の話を共有することで男性のホモソーシャルな絆は強化される――のに対して、透は詩史のことを耕二に語ろうとはせず、耕二と話していてもついつい詩史のことばかり考えてしまう。透が〈つめたい〉のは耕二との関係だけではない。陽子と離婚した父親への関心も薄く、彼の〈友達好き〉な性質には冷ややかな眼差しを向ける。ちなみに透はスポーツをすることにも観戦することにも興味を示さないのだが、スポーツこそがホモソーシャルな絆を育むものであることは言うまでもない。

一方、〈男と飲むのも気に入ってい〉るという耕二はホモソーシャルな絆を楽しみ、利用している。男性中心社会のその中心にいるのは〈オヤジ〉であるわけだが、耕二は〈おやじうけ〉が良く、そのことを自覚している。就職活動を始める際に、彼は〈メディカルセンター——財界人、著名人、金持ちばかりを会員に持つ——の重鎮〉の医者である父親が有するホモソーシャルな繋がりを最大限に活用する。また、彼は〈やんちゃな弟〉を演じ、〈オヤジ〉予備軍である兄の友人——〈やんちゃな弟〉の効果は実兄の隆志には及んでいないようだが——の医者たちにも気に入られる。このように耕二は男性に好かれているのだが（好かれているからこそ）、あくまでも異性愛のみを自明視し、それ以外のあり方は異端視する。女性にそれほど興味を示さない友人橋本について、〈十九で女に興味ないって異常じゃない？〉とさりげなく言うところからも耕二の異性愛主義はうかがえる。

もっとも、耕二もホモソーシャルな絆の歪みに無自覚なわけではない。兄の結婚相手の早紀を、あたかもモノであるかのように、彼女の父親から耕二の家に〈ひ、き、と、る〉やり方には違和感を覚えており、〈夫の実家〉に来た早紀に、〈いい主婦〉をアピールし続けた喜美子を重ね合わせてもいる。耕二との二人だけの時間では〈奔放〉であった喜美子が男性のホモソーシャルな関係においていかなる立場に置かれているのかに思いを巡らすのである。

ホモソーシャルな絆を使いこなす耕二とそれを眼中に置いていない透。対照的な二人だが、物語中盤になると透は微妙な変化を見せる。彼は詩史に軽井沢の別荘に招かれ、そこで詩史の夫の浅野と危うく遭遇しそうになる。それ以前にも透は浅野に会っており、彼のことをしばしば思い浮かべてはいたのだが、浅野と詩史の〈二つのゴルフバッグ〉——耕二の父親の〈ゴルフ灼け〉が顕著であるように作中でゴルフは〈オヤジ〉の象徴である——を目の当たりにして、強烈な疎外感を抱き、浅野のことを強く意識するようになる。少なくとも透の中では浅野との間にライヴァル関係が構築されるのであり、浅野から詩史を〈奪う〉ことを透は考える。

しかし興味深いことに、透の変化は持続されないようである。詩史をモノであるかのように〈奪う〉などということは不可能であることに早々に気づいた透は、詩史が経営するセレクトショップへの就職を希望し、浅野にも〈ちゃんと紹介〉される。ところが、物語最後の場面では浅野の影は不思議と感じられない。透は東京タワーが見守る部屋で、詩史に会うために〈梨の匂いの白い石けんを、身体にこすりつける〉のだが、その〈石けん〉は詩史が透に贈ったものであった。すなわち、透は相変わらず詩史に〈包まれ〉たままなのだ。このように詩史という女性、あるいは彼女との関係を中心にして、ホモソーシャルな社会の中で生きていくことは、おそらく透自身が〈問題は山積み〉と考えている以上に困難なものだろう。〈なにもかも大丈夫だ〉という透の言葉もむなしく響いている。だがこうした〈現実離れ〉――この表現は透と詩史の性行為を指すために持ち出されるのだが――した透と詩史の関係にこそホモソーシャルな社会を超える微かな可能性が読み取れるのではないだろうか。

一方、物語中盤で、耕二は喜美子にはまり込んでいく。そして、〈捨てるのはこっちだ〉と決めていたにもかかわらず、喜美子のほうから別れを切り出される。また、耕二がかつて関係を持った女性の娘吉田――その風貌からも、また一貫して苗字で呼ばれる点からも、吉田はジェンダー越境的に描かれている――が出現し、そのため由利とも別れることになる。この二つの出来事は耕二を〈混乱〉させるのだが、最後の場面では、その〈混乱〉から立ち直るべく、耕二はアルバイト先で前田という中年男性とともに店に訪れる和美を口説いてみる。耕二の気にかかるのは、前田から和美を〈奪う〉ことが可能かどうかという点だ。換言すれば、耕二は和美というモノ＝獲物を、〈カッコイイ〉中年男性前田と競い合う典型的なホモソーシャル・ゲームを試みようとするのである。耕二自身は〈オヤジ〉になることを〈罪悪〉と考えているのだが、由利がすでに耕二には〈オジサンみたいなとこ〉があることを見抜いていたように、耕二が〈オヤジ〉予備軍として中年男性とのホモソーシャルな関係へと乗り出していくことを予想させつつ物語は締めくくられるのである。以上、『東京タワー』という大学生二人と年上の女性との関係をめぐる物語は、男同士の関係を俎上にのせる物語でもあるのだ。（一橋大学博士研究員）

それは消えたわけではない——『いつか記憶からこぼれおちるとしても』——鈴木和子

六編からなる短篇集である。

各編はそれぞれ主人公が異なり独立しているけれども、綿密に計算された関係性をもっている。

まず、女子高生の物語。高校は〈いわゆる恵まれた家庭環境の子が多い〉〈私立の女子校〉（「テイスト　オブ　パラダイス」）で、立地や校歌の歌詞などから江國の出身校そのままと考えられる。

時期は九月から翌年の新学期くらいまで。二学期の期末試験、試験休み、クリスマス、新年という、ちょっと日常と違うイベントのある時期でもある。第二反抗期を過ぎかけ、両親、同級生と微妙な関係を保ちながら大人のスタートラインに立とうとしている少女達の姿がそれぞれに印象深く描き分けられている。

最初の四編は「小説トリッパー」（朝日新聞出版）に連載された。発表順に何気なく読んでいた挿話が、次の編では全く違う意味をもって語られる手法が鮮やかである。

「指」（96・秋季号）で菊子が千春に初めて身体を触られた朝、教室に入ると高野が「おはよう菊ちゃん。油性ペン持ってない？」と近づいてくる。持っていないと断ると、高野は竹井にも同じように声をかける。柚は「なに、あれ」と言い、「さあ」と菊子は首をかしげてみせる。

「指」ではたしかに「さあ」程度のエピソードだが、次の「緑の猫」(96・冬季号)では、語り手の萌子にとって「ちょっとした事件」だった。

神経科に入院していた友だちのエミが久しぶりに登校を始めた頃、エミの傘が無くなった。教室をさがすと高野の名がくっきりと書かれて見つかった。油性ペンの持ち合わせがないか、誰彼となく聞いてまわっていたのは高野美代で、しかも朝、高野はエミの傘を褒めたのだ。

エミが長期入院して独りぼっちになってしまった翌年の新学期、萌子はみんなが自分のことを陰で「コータロー」と呼んでいるということをたまたま知った。高村光太郎にちなんでいるらしい、残酷な陰口だ。

「テイスト　オブ　パラダイス」(97・春季号)の主人公柚は、菊子・竹井・麻美子と仲がよく、一緒に帰ったりクリスマスパーティを開いたりしている。また、ルノーで迎えに来てくれる母としょっちゅう一緒にバーゲンやランチに行く。竹井の彼が紹介してくれた吉田くんとも時々デートしている。

年末の終業式の後、吉田君とデートでソニプラ(当時)へ行った柚はレターセットのコーナーで「コータロー」を見かける。萌子は年末には既に「コータロー」と皆に呼ばれていたのだ。

「飴玉」(97・秋季号)の主人公可奈は前作の少女達とは趣が少し異なる。

住んでいるのは柚や菊子と違って東京東部の千住だし、両親が共働きなので夕食はいつもマンション一階の喫茶店で摂っている。その喫茶店でアルバイトさえしている。身長160cm76キロで趣味はビデオ。男子なら間違いなく「オタク」と呼ばれ、クラスで浮いた存在になるはずだ。

可奈が「奇妙な感じで仲がいい」クラスメートの彩は十万円以上するブランドバックをぽんと買うところから、柚のような恵まれた家庭環境のお嬢様かと思ってしまうが、実は「援交」している。試験最終日、その相手と六本木のレストランで会っていると、離れたテーブルで柚とママが仲良くランチしているのを見てしまった。可奈は彩を醒めた目で分析しながら、「随分ちがうなー」と電話でぼやく彼女の気持を受け止める度量を持っている。

あとの書き下ろしの二編は視点が異なり、周囲の大人達の物語が展開される。

はじめに、各編は「綿密に計算された」と書き、友人関係の中で一つの挿話を巡って見方の違いがリレーされていることを述べたが、この二編ではさらに立体的に広げられている。

最初の四編では、母親が彼女たちの将来を暗示するように登場していた。

さらに「雨、きゅうり、緑茶」では、高校生の修子と叔母の志都の視点が交互に描きわけられている。志都は姉（修子の母）、修子ともども同じ高校の出身で三十六歳の独身。そのためか、子供っぽいというか所帯ずれしていない。

「指」の千春も同様だが、女子高生の母親たちと同年代で、しかも母親とは違う生き方をしている女性達を登場させることで、江國は女子高生達の将来をまた一つ、提示している。

「櫛とサインペン」は、クラスの一匹狼高野美代の一面が、彼女をナンパした男の視点から描かれている。女子高生たちは誰も、「顔」がはっきりと想像できない。背が高いとか、ベティ・ブープみたいとか、ある程度の情報は描かれている。立ち寄る店や持ち物などの描写は詳細だ。だがどれも没個性的で、こういう子がクラスに一人くらいはいたな、という感覚を喚起する微妙なところで筆が止まっている。読者は自分のこぼれ落ちた記憶から、一瞬、断片を拾い上げる愉しみにひたれるのだ。

親との関係、男性との関係、無償の友情、無関心、無防備、残酷、大胆…。

これらも、彼女たちの日常生活の中に溢れた事柄ばかりだ。

しかし、だからこそ彼女たちに共感をもって、江國が愛読されるのだろう。

川上弘美は、江國の読者は、

このお話、わかる。
たぶん、こんなにこれがわかるのは私だけじゃないのかな。僕だけじゃないのかな。何がわかるって、（略）
とにかく、わかるんだ。

（『すいかの匂い』「解説」00・7、新潮文庫）


という感覚を持っていて、自分もその一人だと述べている。

角田光代は、

このものがたりのなかで、あなたは一番だれが好き？

読んでいて気づいたらだれになりきっている？

あなたはだれにもっとも近しいと思う？


（『僕の小鳥ちゃん』「解説」01・10、新潮文庫）


と問いかけている。

登場人物達の「顔」は記憶からこぼれ落ちたとしても、落ちただけで消えることのない、自分の青春時代の尖った感覚に巡りあえるのだ。

その意味で、自分に似た誰かを見つけられる連作集といえるだろう。


（近代文学研究者）

『号泣する準備はできていた』の小説構造——中村三春

『号泣する準備はできていた』は、二〇〇三年十一月に新潮社から刊行された、十二編を収める江國香織の短編集である。翌年、江國は本書によって直木賞を受賞された。恋愛小説のカリスマなどとも呼ばれる江國だが、その小説としての構造はどのようなものか。

まず、本書を構成する作品群に共通のトピックは、単なる恋愛などというものではない。むしろ、かつて愛し合ったか、今でもなお愛し合っているにもかかわらず、お互いに、または一方的に相手に対して齟齬・違和感・嫌悪を感じるようになってしまった二人の心のあり方である。その違和感の始まりには、きっかけとなるものはあるが、明確な理由はない。なぜ齟齬を来すようになったのか、その契機となる現象はあるが、本質的な内的要因はない。だから、彼女・彼らには、なぜそうなってしまったのか分からない。もっとも、翻ってみれば、なぜ彼女・彼らが愛し合うようになったのか、その明確な理由も分からない。愛することは、理由のない行為であり、また理由もなく終わる。だが、愛が終わっても、心や体は急に別のものになるわけではない。だから彼女・彼らは苦しむ。これが、このテクストの根本原理にほかならない。

たとえば冒頭の「前進、もしくは前進のように思われるもの」では、「いまも愛している、と言ってもよかった」夫に対して、弥生は「わからない、という感じ」を感じるに至ったのだが、それが「いつ芽生えたのか、弥生には上手《うま》く思いだせない」。夫は、母親の入院がダメージとなったためか、飼っていた猫を捨ててしまい、それが弥生には、特にそれほど猫が好きなわけではないのに、酷い行為と思われてしまう。次の「じゃこじゃこのビスケット」では、タイトルの「じゃこじゃこ」そのものが、砕いたチップス混じりの違和感のある状態を意味し、それに触発されて、かつて私にとって世界が「じゃこじゃこ」だった頃の、恋愛まがいの出来事を回想する。「溝」では、裕樹と志保の夫婦は離婚の瀬戸際にある。裕樹の父母と妹の家で家族麻雀に参加するのだが、会話はずれ、気まずい雰囲気のまま、帰り道で志保は泣いたり笑ったりして「知ってた？　私たち、一緒に暮らしてはいても、全然別の物語を生きてるのよ、知ってた、そのこと」と、果てしなく続ける。

表題作「号泣する準備はできていた」でも、私（文乃《あやの》）とノーフォークのパブで知り合い、かつて激烈に愛し合った隆志《たかし》は、今はもう他の女と一緒にいる。「あんなに輝かしくふんだんにきりもなくあったレンアイカンジョウが、突然ぴたりとなりをひそめた」。ことほどさように、「レンアイカンジョウ」が消滅するのに理由はないのだが、同じだけ、それが成立するのにも理由はなかったのだ。だが、このフレーズの後に「厄介だったのはそのあとで」と続くように、その感情は、人物の心や体や、生活の細部や、その人物の歴史の焦点に付着し、それが記憶として定着し、忘れられないものとなって、現在と対照されたり関連づけられたりする。その歴史とは、生まれ・育ちの故郷であったり、故郷の家族であったり、またその家族や家の細部への抜きがたい執着である。

このような様式のゆえに、このテクストは、まず第一に現象の細部への繊細で親身な、もしくは執着的な注視を特徴とする。また第二には、人物の歴史に由来する回想や記憶の湧出と、現実に眼前で展開する事象との同時進行の語りが見られる。そして第三には、何よりも、おいしいものや心地よいもの、懐かしいものや優しいものなど、記憶と現在の中に現れる志向対象に対してきちんと価値を認め、それが、このように齟齬をはらんだ形であっても、生きる力と結びつくことが、作中の一般的なキャラクターとなっている。

第一の細部への注視とは、不気味・素敵・親しい・胡乱、などの特異な意味を付与された対象の導入である。「前進、もしくは」では猫であり、「じゃこじゃこのビスケット」では犬である。私が一七の時に相手の寛人《ひろと》に無免許運転で初ドライブさせた際、老犬シナを連れて行って、シナも含めて二人ともうんざりする結果だったが、でもなぜかあの日は忘れられない。「煙草配りガール」では、文字通り煙草配りガールで、二組の夫婦がぎくしゃくした夫婦関係について酒席で延々と語り合う間に、煙草配りガールが席にやってくる。彼女・彼らの顚末についてこのガールは、まず何の関係もない。だが、「御歓談中失礼します」と現れた彼女の介入が、夫婦たちの出口のない関係を鮮明に異化する。「溝」ではウェットスーツ。それは最後に志保が、裕樹の向かいの家に掛かっていたのを「贈り物」だと言って車のトランクに入れたのだ。その人体の抜け殻のような不気味さは、あたかも「全然別の物語を生きている」二人の関係を如実に象徴して余りある。「こまつま」ではグラッパ（葡萄を原料とする蒸留酒）、「どこでもない場所」では深夜に食べる牛どん、「手」では手作りのおでんとウォッカ、というように、各々のテクストには必ずといってよいほど、イメージの焦点が設定される。彼女・彼らの関係が各々に多様であるのみならず、これら細部の物象は、その関係の様相を物象の存在感によって現実化する。

第二の、回想と現実の同時進行、または、眼前の出来事の進行のさなかに過去の記憶がよみがえり、両者がないまぜに語られる表現は、ほとんどの短編がこのスタイルをとる。「熱帯夜」は同性愛の私（千花）と秋美が、知り合って三年たち、「行き止まり」となった不満を私は抱えているが、その成り行きの中に、知り合った頃の思い出や、「思うさま愛を交わした」沖縄旅行の記憶などが織り込まれる。「洋一も来られればよかったのにね」は、なつめが夫の母静子と恒例の温泉旅行に行く話だが、その中に、かつて静子から「夫とは性交渉がない」ことを言い当てられた思い出などが点綴される。この回想形式は、ほぼこの短編集の基本構造と言えるだろう。

第三に、彼女・彼にはほぼ必ず、生き甲斐の焦点となる対象がある。「こまつま」は、「こまねずみのようによく働く妻」の意で、美代子が夫唯幸からつけられた愛称だが、そんな美代子は、デパート内をきびきびと歩いて買い物をすること、また、かつて愛した信二への今も続く思慕（それは若き日の自分自身への思慕でもある）に自負をもち、デパートでの「サンドイッチと紅茶」の昼食や、その時目についた「優美な壜」の酒グラッパのグラスを飲み干すことにも毅然としている。一方、「手」では、私レイコはキャバリエ犬のヘンリーが現在「唯一の家族」で、妹恭子の差し金で訪れた、かつて関係のあったたけるを疎ましく思うのだが、彼が手間をかけて作ったおでんとウォッカに魅了される。そのような生き甲斐は、「住宅地」の林常雄が、他意もなく中学生を眺める趣味であったり、「そこなう」のみちるが、「千手観音」のように動く新村さんに溺れたりすることであるかも知れない。しかしそれが何であれ、彼女・彼らは、おいしいもの、心地よいもの、懐かしいものに対して常に率直なのだ。我慢をしたり、あえて前向きになったりする局面もないわけではないが、その場合においても、それらの努力そのものに対してすら率直であると言える。いわば、違和感のあることに対して自分が透明となり、違和感のあることに対して違和感がないのだ。だからこそ、彼女・彼らは、それぞれに不幸を抱えつつも、それぞれにある意味で生き生きと人生に向かい合っているように受け取れるのである。

このような率直な透明感こそ、この、下手をすれば一種どろどろの、愁嘆場と化してしまうような恋愛の終末を、読者にストレートに受け取らせてしまう要諦なのだろう。それは、事実ありのままを表象するというような態度からは決して生まれない。巧みさを読者に意識させることなく統御する構造、そこにこそ、江國のテクスト様式の魅力が存するのである。

（北海道大学大学院教授）

あらかじめ失われた恋人たちへ——『スイートリトルライズ』——

錦　咲やか

スイートリトルライズ。片仮名で示されたこの作品のタイトルは、一読して表紙に立ち返った後、改めて（もしくは初めて）香りたつ言葉のように思える。江國香織は小説の字面に対し、非常に意識的な作家で、漢字・ひらがな・カタカナを巧みに使い分け、その単語自体から生まれるニュアンスを繊細に伝えきろうと常に試みている。例えばズボンは必ず江國作品において〈ずぼん〉であり、ボリュームは〈ヴォリウム〉だ。それらのことばは一般的な表記と必ずしも一致せず、ひたすら江國作品内の空気を確立するためにだけ佇んでいる。そういった言葉達の連なりは、じわじわとやがて確かに、読者を作品内の世界にくるみこみ息づかせる働きをする。スイートリトルライズ、日本語ではなく英語を片仮名表記してあるこのタイトルを見て瞬時に、甘く小さな嘘という意味のタイトルであると合点して読み始めることは、実はそれほど多くないだろう。〈ライズ〉をとっても複数の意味を持つ単語であるし、片仮名で記された音だけなら、様々な意味が咄嗟に浮かんでしまう。カタカナはスマートで軽く、重くなく、洒落たイメージを抱かせる。そこで読者は、軽やかでささやかな甘い物語を、砂糖菓子を味わうかのように舐める準備を目の先で始めるだろう。

ぬいぐるみ作家である瑠璃子とその夫・聡は、もともとお互い孤独を好み、自立している者同士。つきあい始めたばかりのころに〈友達というものは過大評価されすぎている〉という話題で盛り上がり、お互いにしか気を許しあわないようなその孤独な魂同士の結びつきによって、二人は結婚に至った。しかし現在、聡は家に帰れば自分の個室に鍵をかけてゲーム三昧であり、瑠璃子は〈このうちには恋がたりない〉と思う。瑠璃子の聡に対する思いが恋でも愛でもなく〈飢餓〉であると自ら思い至る件は、この小説内における大きな発見の場面だ。愛という憎悪、でもなく〈飢餓〉という概念は、ともぐいをするすずむしを聡の妹・文に贈られた時の瑠璃子自身の動揺にも響いている（瑠璃子はともぐいの恐怖に怯えるあまり、すずむしたちを一匹ずつ隔離して虫かごに入れ直す）。飢餓のあまり聡と〈ともぐい〉をしてしまうとしたら、という、テクストに描かれてはいない怖れの通奏低音。しかし隔離した後、やがてすずむしは全て死亡する。孤独な瑠璃子と聡が、二人で寄り添ってはいても、根元的な淋しさを抱えて別々に死んでいくであろう人生のように。瑠璃子は「禁じられた遊び」のミシェールとポーレットのように二人だけで寄り添って暮らしていけないようならば、ソラニンやトリカブトで無理心中をも辞さない――と考えている。また瑠璃子のかつてのルームメイト、イギリスのアナベラとの国際電話による会話がたまに挿入されるが、その会話は作品内において、常に最も静謐さに溢れたやりとりである。独身主義者で、長くつきあっているボーイフレンドはいるが、入籍も同居もしないと決めており、いつも正確な表現の言葉遣いをするアナベラ。彼女は間違いなく瑠璃子の鏡であり、ひいてはこのテクストにおいて、恋愛をめぐる距離感と記憶の関係を掌る最大のポイントともいえる存在だ。それはアナベラが瑠璃子にとって、独身時代の象徴的な記憶そのものであり、かつ結婚後に世界と結んでいる関係性と何ら交わらない、変容しない世界との手触りを保っている具現的存在だからである。瑠璃子はアナベラと短く端的な会話をかわす時、ほっとすると同時に、人間ひとりひとりがもっている根元的な淋しさのなかへ静かに包まれているように見える。

聡は大学時代のスキー部の後輩・しほと再会し、だんだんと強く惹かれていく。学生の頃からそこはかとなく聡に好意を寄せており、彼が瑠璃子と出会っていなければ、おそらく関係も違っていたであろう女性だ。しほと楽しい逢瀬を重ねることで、聡は初めて瑠璃子に対し、嘘を積み重ねていくことになる。今まではどうしてか決して瑠璃子に隠し事をすることができず、気詰まりな日常報告を妻に強要されるまま述べていたのに、しほのことを隠すための秘密が、聡を雄弁にし会話を滑らかにさせる皮肉。〈隠すべきことがあると、おのずと話すべきこともでてくるのだ〉。聡は瑠璃子の魅力を再確認しながらも、対照的なしほに向かい〈しほこそ自分に必要な女だ〉〈理解できる相手は、やすらかだ〉と考える。

瑠璃子は、展覧会で瑠璃子の作ったベアを自分の彼女のために手に入れたがって声をかけてきた春夫と知り合い、恋に落ちる。春夫には美也子という美しい彼女がいるが、瑠璃子にはこれが自分と春夫だけの〈ごく個人的な出来事にすぎないことがわか〉る。ここだけの出来事。それは春夫が〈物語は一度だけだから美しいんだよ。人生とおんなじだと思う〉と語る言葉と呼応している。世界では通常、出来事ののっぴきならない一回性に対し、物語は繰り返されるものとして定義されるが、春夫はここではっきりと物語の一回性を宣言している。人生は物語であり、それはとてもスイートなものであると。出来事と物語を同一視するこの視点は非常にロマンチックであり、まさにスイートである。物語が繰り返されない為には、完全な死を迎えるよりほかになく、恋が完全に葬られなければ、恋の出来事は物語にはなれない。死は表象不可能な出来事であり、かつ確実な一回性を備えているが、愛と死をなぞらえて物語に一回性を求めるならば、それはロマンチックだといえよう。

スイートかスイートではないかの境界線は、今ここに連なっている現実にその出来事が関わり、侵食してくるかどうかによって語られている。春夫が美也子と別れたと聞き、瑠璃子は駆けつけるのだが、心配と混乱、不安で怒りを感じながら、瑠璃子は〈こんなの全然スイートじゃないわ〉としゃくりあげる。別れたのは俺なのになぜ泣くんだ、と尋ねる春夫に、愛してるからよと瑠璃子はこたえる。春夫は〈それはとても、スイートじゃないか〉とぽつんとつぶやく。春夫が美也子と別れようとする前、瑠璃子が春夫に〈私はあなたに絶対に嘘はつけない。知ってるでしょう? あなたも私に嘘をついてくれないもの〉と語った際、既に春夫への告白は為されていた。〈なぜ嘘をつけないか知ってる? 人は守りたいものに嘘をつくの〉〈あなたが美也子さんに嘘をつくように。私が聡に嘘をつくように〉と語り、〈でもあなたを愛してるわ〉と続く、絶望的に淋しい愛の告白。

瑠璃子は聡と出会ってからの、孤独な心同士がふと触れあってしまったと思えたいくつもの瞬間を〈ちゃんと、でもひどく遠く〉記憶していた。しかし〈春夫とのあいだの出来事は、それらの記憶とは全然つながらないものだった。全然つながらない、だから全然矛盾しない、だから記憶とそれに連なる現実を破壊することもできない――〉〈スイートな、別の記憶〉。確固たる別の世界のスイートな思い出は、今ここにある現実を破壊することはできない。全くのパラレル・ワールドのままだ。よって、同じひとつの世界で起こったり、繰り返されることはない。聡がしほとの交際で、忘れていた何かを思い出し、学生時代から在り得たかもしれなかった別の記憶を〈征服〉し、守りたいものである瑠璃子に嘘をついているように。

しかし瑠璃子が春夫と別れ、パラレル・ワールドを切り離して現実を一本化したのに比し、聡はしほとの交際によって、瑠璃子との関係もかえってうまくいくようになった気がする、相乗効果であると彼なりの影響関係を認識しているようだ。この作品のラストシーンは、つくりかけのぬいぐるみベアがころがる明るい〈瑠璃子と聡の、愛の家のなかで〉閉じられるのだが、そこから抜け出す契機を聡がもった時、瑠璃子はトリカブトで現実の物語を終えようとするのだろう。

決して繰り返されないとあらかじめ知る愛の物語を。

（日本近代文学研究者）

『思いわずらうことなく愉しく生きよ』

――そんな家訓はいらない？――

一柳廣孝

〈思いわずらうことなく愉しく生きよ〉。そりゃあ、それに越したことはない。そんな人生が歩めるのなら、どんなに幸せか。しかし世の中は、そんなに甘くない。自分の「愉しさ」を特権化し、それを追求すればするほど、周囲にはさまざまな摩擦が発生する。だから回りと折り合いを付け、世の中の片隅に何とか自分の居場所を見つけ、小さいながらもささやかな幸せに満足して、まあこんなもんだろうと自分を納得させる。これがいわゆる、市井の基本的な物語。とはいえ、このパターンだって「思いわずらう」ことが山のようにあることは言うまでもない。世の中、そんなに甘くないのである。

だがここに、〈思いわずらうことなく愉しく生きよ〉なる、とんでもない家訓を与えられてしまった者たちがいる。そして、この家訓を真っ正直に受けとめて生きようと、奮闘努力する者たちがいる。この物語はそんな三姉妹の戦いの物語である。

犬山家の三姉妹、麻子、治子、育子。麻子は三十六歳、既婚。治子は三十二歳、未婚だが同棲中。育子は二十九歳、未婚。みな東京育ち。飲食店経営の父親のもと、裕福で贅沢な子供時代を過ごした。この犬山家には、家訓がある。〈人はいずれ死ぬのだから、そして、それがいつなのかはわからないのだから、思いわずらうことなく愉しく生きよ、というのがその家訓で、姉妹はそれを、それぞれのやり方で宗としていた〉。

この家訓は、逆説的なアイロニーに満ちている。この家訓を生きるためには、さまざまな意味で他者を排除する必要が生じてくる。それは必然的に、心に「思いわずら」いを生む。だからこの物語は、三通りの他者との距離感の物語とも言える。

たとえば、次女の治子。外資系企業に勤務する、切れ者のキャリアウーマンである。彼女は、あまり収入のない物書きの熊木と同棲している。熊木は彼女に二度プロポーズしているが、二度とも断られている。〈先のことはわからないのだから、あなたもあたしもいつ他の人を好きになるかわからないのだから、生涯を共にする約束なんてはじめから馬鹿げている〉という理由で。おそらくここに、治子の家訓に対する認識が現れている。恋愛体質の彼女は、いつでもその「恋愛」に集中したい。そんな彼女にとって、結婚は束縛でしかない。別の人間への恋愛感情が生じたときに「思いわずらう」ことがないように、常にフリーハンドを貫くことが、彼女における「家訓」の受け止め方なのだ。

それに対して育子は、高校時代から現在に至るまで、刹那的に男性と関係を結びつづけている。しかし、彼女は日記に〈人はその生涯をかけてある種の人生をつくり上げることのみを目的として生きており、できることならば――すくなくとも多くの人にとって――その作業は、途中から誰かと共同で行うのが望ましい〉〈そのためには、錯覚にまどわされず、自分にとっての正しい「誰か」をみつけだす必要がある〉と記してもいる。このような意志的な一面をもつ彼女が、「恋愛」を「錯覚」と認識していることは興味深い。彼女は根本的に、「恋愛」を信じていない。

一方、長女の麻子は、彼女たちとは異質な現実の処理の仕方をしている。結婚して七年になる彼女は、夫の多田邦一から家庭内暴力を受けている。彼女はそれを〈邦一の責任というよりも〉〈夫婦でつくってしまった状況〉

なのだと考えている。育子と治子が父親を訪ねたとき、父親が麻子の様子を尋ねる。育子は〈元気で幸福だって、すくなくとも本人はそう言ってる〉と答える。まさに麻子は、そう思い込もうとしている。強圧的で自己中心的な邦一の視線と暴力によって飼い慣らされ、怯えつつ暮らしている麻子は、そういう自分の姿から意図的に目をそらして生きている。

この三姉妹のありようを象徴しているのは、彼女たちの父親に対して治子が〈この人はいつもそうだ〉と思う場面である。〈自分が正しいと信じたら、他人の意見には聞く耳を持たない〉。この指摘は、実は三姉妹すべてに共通する。彼女たちは、だれも〈他人の意見には聞く耳を持たない〉。そして、自分のやり方でしか行動できない。彼女たちは父から〈物事を自分で決めるよう、決めたら責任を持つように〉教育されてきた。彼女たちはみな、忠実にその教えを守っている。そのためなのか、彼女たちにあっては自己決定と自己責任の要素だけが突出してしまい、周囲の関係をうまく調節できない。そのため、微妙に世の中の基準からずれてしまう。

こうしたズレは、たとえば育子の場合〈知らない人の前では、どうしていいのかまるでわからなくなる〉という形で表面化している。彼女が理解している他人とのつながりは〈友情と信頼、それに肉体関係だけ〉だ。また治子は、熊木に送られた匿名の告発の手紙について、部分的に事実と合致する箇所があっても〈全くの誹謗中傷〉〈事実無根〉と切り捨てる。しかし、三姉妹もやがて変化に迫られる。治子は、かつて関係をもった河野と再会し、ふたたび関係をもったことを熊木に知られる。育子は隣家の息子、岸正彰と知り合い、段階を踏みながら、少しずつ関係を深めていく。そして麻子は、同じく家庭内暴力に苦しんでいる相原雪枝を逃がすため、横浜のホテルで雪枝と無断外泊したことで、邦一との関係が揺らぎはじめる。

結局治子は、熊木に逃げられる。しかし彼女は、すぐに回復する。男と別れたあと、彼女は〈自分でも驚くほど清々しい心持ちになる〉。〈自分の人生を、正しく自分で御している気がするのだ〉。熊木を失った喪失感が巨大で埋めがたいことを、彼女は知っている。ならば、放っておけばよい、と考える強さを、彼女は持っている。

また麻子は、いったんは母親の家に避難しながら、迎えにきた邦一とともに家に帰る。しかし家の中には、もう恐怖と罪悪感しかない。フォークを見せびらかすようにして麻子を脅す邦一に対して、麻子はフォークを奪って自らを刺し、入院する。こうして彼女は邦一と別れ、二番町の母のマンションで暮らす決意をする。

最終章、姉妹三人がバーで飲んでいる時、治子は邦一を〈あの男は異常よ、変質者なのよ〉と罵倒する。麻子は言う。〈そうね〉〈でも私たちも異常だわ〉〈私たちはたぶんのびやかすぎるのよ〉。結局この意見に、三人とも同意する。密かに治子は思う。〈のびやかすぎるものは時としてたぶん迷惑なのだ。でも、だからといって、どうしようがあるだろう〉。

そのとおり。三人は、よくわかっている。でも、どうしようもないのだ。この「どうしようもなさ」を抱えて生きていくことを認めたとき、〈思いわずらうことなく愉しく生きよ〉という家訓は、燦然と輝きはじめる。この家訓を内面化したために、自己を傷つけ、他者を傷つけ、そして解放されない三姉妹。それでも彼女たちは〈思いわずらうことなく愉しく生きよ〉うと頑張りつづける。最後に守らなければならないのは「自分の気持ち」なのだと思いながら。

しょせん、他者の欲望を完全に理解することは不可能である。他人のことは、わからない。だったら、何も無理をして自己と他者とをすり合わせて、共通の土台を作る必要もない。そういう生き方も、あっていいのだ。たぶん。そして確かに、そういう生き方はきわめて魅力的だ。ならばお前はそういう人間と関わりたいのか、と問われれば、答えに困ってしまいそうだけど。

（横浜国立大学教授）

『間宮兄弟』——草食系兄弟のフツーの日々——

田村充正

1、間宮兄弟とは

池上線沿いの町に生まれ育って、今も一緒に暮らしている三十五歳と三十二歳の兄弟。この〈仲良し〉兄弟を微笑ましく眺めればよいのか、それとも不気味な新人類として警戒すればよいのか。ひと昔前なら、モラトリアム青年と定義され、今なら草食系男子と呼ばれそうなこの二人であるが、父っちゃん坊や、という伝統ある呼び名がもしかしたら一番ふさわしいのか。

兄明信はビール会社に勤務し、「仕事が好きだし、愛社精神もある」。会社の上司や後輩たちとは距離の取り方がわからないので、会社にいることは嫌いなのだが、先輩の大垣賢太からは信頼されていて、ときどきバーに誘われては泥酔するまで呑む。

弟徹信は小学校の校務員というユニークな職業につき、やはり「自分の仕事が気に入っている」。この職を得るために、タイル補修研修やら上級救急救命講習、椅子修繕実習などさまざまな研修や講習を受けて、ようやく手にした仕事である。黙々とひとりで、自分のペースで仕事をこなせる点がとくに気に入っている。

すなわちこの二人は経済的にも自立した立派な社会人なのだが、なにかが足りない。それは男の子が一人前の男になるために経なければならない、異性との遭遇、衝突、和解という過程の経験だろうか。女性たちのかれら兄弟に対する評価は手厳しい。「恰好わるい、気持ちわるい、おたくっぽい、むさくるしい、だいたい兄弟二人で住んでいるのが変、スーパーで夕方の五十円引きを待ち構えて買いそう、そもそも範疇外、ありえない、いい人かもしれないけれど、恋愛関係には絶対ならない」

ふたりは三十代に突入した現在まで、女性と交際した経験がなく、明信は十二人の見合い相手全員から会ったその日に「このお話はなかったことに」と言われ、徹信は好きになった女の子のあとをつけて痴漢よばわりされる。「もう女の尻は追わない」と決意して、俄然平和になった日々をプラモデルや紙飛行機、ゲームやパズル、レンタルビデオ、ペプシマンフィギュアの蒐集などに費やしている。まあインドア派のおたく兄弟という様相なのだが、細かくかれらの趣味をみてみると、微妙に旧世代の香りが漂う。ゲームは電子ゲームの nintendo ではなく、花札やトランプをつくっていた任天堂のそれで、みんなでサイコロをころがして楽しむ遊戯だし、プロ野球ファンで贔屓のプロ野球球団のスコアつけに情熱を燃やす。ふたりはかなりの読書家でもあり、エラリー・クイーンから山本周五郎まで、村上春樹や村上龍も愛読書の対象である（江國香織は読まないのか）。かれらには同じ兄弟ものとして『カラマーゾフの兄弟』についての読書感想やかれらの軽さを『存在の耐えられない軽さ』と引き比べた意見などを聴きたいところだが、思いのほかまともな答えが返ってきそうでもある。

仕事にやり甲斐をもって社会的責任を果たしている点で、ふたりはモラトリアムではないし、冷たく拒絶されるとはいえ、明信はビデオ屋の本間直美に、徹信は人妻の沙織に、それぞれ憧れて積極的に行動をおこす点で、現代の草食系男子（平成十八年の新語）とはやや異なるのだが、これが平成十五年の物語であることを勘案すると、不思議な生活意識と行動規範をもったこの間宮兄弟は、やはり草食系男子の萌芽、魁といってよいのかも知れない。

2、小説としての「間宮兄弟」

小説としての「間宮兄弟」の魅力は、その巧みな三人称語りにあるだろう。姿のない、機能としての語り手は、間宮兄弟のやや特異な生態を、例えばこんな風に紹介する。「間宮兄弟は、一見無趣味に見えるが実は多趣味だ。ほとんど全てのスポーツ観戦が好きだし、音楽を聴くことも好きだ。揃って読書家だし、読書のあとで感想を述べあうことも好きだ。模型を組み立てるのも得意だ（徹信の部屋にはNゲージと呼ばれる鉄道模型が、麗々しく飾られている）。パズルの類も大好きで、なかでもサイズの大きいジグソーパズルには燃える。」

しかしこの小説ではこうした全知的な視点をもった無色透明の叙述の声が、いつのまにか物語の中にいる主人公たちの生の声にすり替わる。直接話法の括弧が消えて、主人公たちの感情や判断、評価をになった生の声が地の文に響く。「ほんとうにそうだろうか、と明信は自問する。」という描写対象としての登場人物の思考を叙述する語り手の声につづくのは、弟の一目惚れを批判できないと迷う兄明信自身の肉声である。「一度会っただけの女に惚れるのは、ほんとうにおかしいことだろうか。ビデオ屋の直美ちゃんのことだって、何も知らないうちに好きになっていた。見合いの相手を、いっぺんで気に入ってしまった経験も自分にはある。何も知らないのに好きになるのではなく、何も知らないからこそ好きになれるのではないか。何も知らないのに心惹かれるからこそ、もっと知りたくなって近づこうとするのではないか。」これが明信自身の声であることを示す指標としては「ビデオ屋の直美ちゃん」という本間直美の呼び方や「自分にはある」という自己呼称があげられるだろう。

しかもこうした肉声は主人公である明信と徹信ばかりでなく、例えば不倫の恋にくたびれた葛原依子の間宮兄弟を評価する声「きわめつけはゲームだった。ゲーム！　いい年をした大人が、ダイヤモンドゲームをするとは。思いだすと依子はつい笑みを浮かべた。赤、緑、黄色。こっちの陣地からあっちの陣地へ、一つとばしに、ただただ進んでいく単純なゲーム。」（感嘆文のような体言止めが依子自身の声であることの指標になっている）、家を出て行った夫を悔やむ妻大垣沙織の声「このまま年を越すことは、したくなかった。二人で探し、二人で生活してきたこの家のなかで、一人で正月を迎えることなど沙織には想像もつかない。だいたい賢太がいけないのだ。鍵をかけたからといって、本当にでて行ってしまうなんて軽率もいいところだ。女と別れてくれさえしたら、鍵はあけてあげるつもりだったのに。」（「くれさえしたら」「あけてあげる」などの表現が沙織自身の声の指標になっている）など、脇役的登場人物にいたるまでの多くの声がこの小説の中には響き渡っていて、じつはかなり平凡な出来事に終始する物語を豊かにしている。「今度、どこか二人で行こう」という台詞を軸に、これを言った本間直美の側とこれを聴いた浩太の側の、すれ違うふたりの内なる声をそれぞれ立ち上げて、場面を立体化する語りの方法なども小説「間宮兄弟」を楽しい読みものにしている要因のひとつに違いない。

3、映像化された「間宮兄弟」

「間宮兄弟」は平成十八年に監督脚本森田芳光、主演佐々木蔵之介（明信）、塚地武雄（徹信）らによって映画化された。原作を細部まで尊重した丁寧なつくりであるが、映像芸術としての表現や遊びが随所にちりばめられていて、映画としても出色のできばえになっている。冒頭、スクリーンの中央に並べて置かれる兄弟の自転車のショットは、結末で反復されて変わらない兄弟愛を物語り、ふたりが自宅マンションのベランダのカーテンを開けるたびに（八回繰り返される）見る／見られる真向かいのベランダの光景は、隠微になりがちなおたく生活に社会性を吹き込んで、健全さを付与している。原作には書き込まれていたふたりの性体験のエピソードの削除や、原作にはないふたりの着ぐるみショットの挿入、エンド・タイトル終了後の遊びもこの映画のジャンルを明示しているだろう。

（静岡大学教授）

『赤い長靴』の憂鬱 ――日和子のくすくす笑い――

萱沼紀子

わたしは現在、猫を飼っている。もう、4年になる。メスの成猫で、よく肥えているが、臆病者でおとなしい。あまり啼くこともせず、餌を待つ。一緒に食べ始める。水道の蛇口から流れ出る水を飲みたいときも、シンクの下で座ってじっと待っている。わたしが気づかないと、小さな声で〝ミュー〟と啼き、じっとわたしを見つめる。だが、所詮、動物である。言葉が通じない。水を飲むときにも、悠然と周りを見回し、自分の気の向くままに飲む。わたしは諦めて忍耐する。

逍三と日和子との生活ぶりは、まさに動物と人間の交流を思い起こさせる。逍三は日和子に〈熊〉（「熊とモーツアルト」）を連想させるが、それはその体つきからである。だが、この大きな動物は日和子の言葉や心を理解しようという姿勢すらない。しかし、日和子はこの熊に動物の持つ温もりを感じている。言葉の通じない夫を、日和子は〈この世で一番いとおしい〉ものとして忍耐しているのだ。

この連作短編集は冒頭の「東北新幹線」から末尾の「熊とモーツアルト」まで、日和子の〈くすくす笑い〉で貫かれていることに気づかされる。笑いとは元来、楽しいとき、嬉しいとき、気分が昂揚したときに自然とでるものだ。しかし、日和子のくすくす笑いの意味は違う。彼女は自分の役割に立ち返らなければならないと気づいたときに、くすくす笑ってしまうのだ。

日和子と逍三の夫婦は結婚して十年になるが、会話が成り立たない。日和子が一方的に昼間あった日常の出来事を語るが、逍三は「うん」か、「ああ」か、しか答えない。聞いていないとはわかっていても、日和子は語り続ける。そこに彼等夫婦の摂理は感じられない。たとえ彼等の出会いが偶然であったとしても、少しも不思議ではないのだ。だから、東北新幹線の同じ車両に偶然乗り合わせた他人同士が、事故か何かで一緒に暮らさなければならない状況になったとしても、日和子には逍三との暮らしとさして変わることがないように思える。つまり、日和子にとって逍三との暮らしは偶然な出来事であり、なんとか〈仲良くやれそう〉（「東北新幹線」）な事件と、さして相違はないというわけだ。

逍三は善い人間であるが、善い人間というものは、世の中に数多いるのだ。その数多ではなく逍三と結婚し、あたりまえのような顔をして指輪をはめて出かける自分を、日和子はなんだか自分とは別のだれかのように感じる。（「買い食い」）

日和子は逍三や逍三の両親たちを〈おおらかな、良い人たち〉（「東北新幹線」）と思っているのだが、そこにはどうしようもない、越えがたい溝があり、本音をぶつけることはできない。役割で行動するよりしょうがないのだ。ひさしぶりに友人たちとの食事会に出かけようとする日和子を逍三は引き止め、店先でパンを食べさせようとする。〈一口食べていきなさい〉と、あたかも聞き分けのない子どもに何か食べさせる必要があるかのように、だ。その強引さに初めは辟易している日和子だが、一口食べた日和子に満足げな逍三を見て、笑い出してしまうのは、いったいどうしてなのだろうか。

クリスマスの〈お土産〉として、毎年逍三が買ってくる不味そうなお菓子袋の赤い長靴に対しても、そうだ。その子どもっぽい逍三からのお土産を、初めは子どもになったような気分で微笑ましく感じていた日和子だったが、うんざりしてくる。ある年、〈今年は、あれを買って来ないで欲しいの〉（以上、「箱」）と言う。

――一体なぜあなたはそれを買うことにそんなに固執するの？

――その長靴は、なんだか強迫的なの。最近じゃあ私はそれに、憎しみさえ感じるのよ。（「箱」）とまで言っても、逍三は何の圧迫も感じずに、またその年も赤い長靴を買ってくる。それを日和子は〈そんなものに本気で憎しみをぶつけるのは大人気ないし、ひどく心ない振舞いではないだろうか〉（「箱」）と思ってしまう。だから、逍三が赤い長靴を手にして玄関に入ってくるのを見たときには、日和子はくすくす笑ってしまう。

この日和子のくすくす笑いは無理に自己を納得させ、悲しみを紛らわしているようにみえる。日和子自身〈笑うことと泣くことは似ている〉（「旅」）ことに気づいており、逍三のあまりの自己本位の対応に唖然となったり、憤慨したり、ときには驚愕だったりするが、次にくるのがくすくす笑いなのだ。しかし、日和子の〝くすくす笑い〟が微妙に変わってくる。日和子がゴルフ練習場内をちょっと探検してくると立ち上がると、逍三は〈トイレか？〉と言い、〈ちがうの〉と言っても、〈あれがトイレだ〉と日和子を無理にでも行かせようとする。

「どうして？　私はちょっと探検してくるって言ったのよ」

逍三は、困ったようにただつっ立っている。

「それに、そのあとでもしトイレに行くのだとしても、勿論一人で行ってこられるわ」

逍三は動かない。

「だから逍ちゃんは戻って、打ってて」

日和子には理解できないことだったが、逍三は叱られた子供のような表情で、それでもなお動かず、

「行ってきなよ」

と言った。日和子は虚をつかれる。（「ゴルフと遊園地」）

結局、化粧室の前で立ちはだかる逍三に日和子は従順に従う。やがて本を読みながら日和子は思う、トイレに行く能力もないみたいに逍三に言われたことについて。あのとき、〈私は……ほんとうに憤慨したのだったろうか〉と思い返す。そして〈憤慨〉という言葉の前で〈日和子はくすくす笑ってしまう〉のだった。ここで〝日和子のくすくす笑い〟の意味が変わってきていることに気づかされる。それはもはや悲しみではなかった。その笑いは〈でくのぼうぶり〉（以上、「ゴルフと遊園地」）に対する自嘲だった。彼女は自分自身がでくのぼうになった日こそ幸せなのだと思う。彼女は夫との齟齬など問題ではなくなるのだ。あとは慣れればいいのだから。

私は逍ちゃんの手にまめができたことを知っている。逍ちゃんが、球を一つ打つごとにウッとかグッとか言うことを知っている。それは絶対的な事実だ。そして、そうであるならば、夫が何を考えているかまるでわからなくても、どんな人間なのか皆目見当がつかなくても、そんなことは構わないような気がした。（「ゴルフと遊園地」）

もはや彼女の口からは〈どうしてわたしの言葉は通じないのかしら〉（「東北新幹線」）という問いは出てこない。〈グレイのトレーニングウェア姿の、大きな、言葉の通じない、温かな〉存在として、驚きの心で接している自分自身に〈驚く〉日和子。〈愉快で幸福な、かなしくて身軽なことに〉（以上、「熊とモーツァルト」）思える日和子。

かつての両親や学友たちとの楽しかった日々を、大急ぎで記憶のかなたへ押しやろうとする。そうしなければ、逍三を失うような気がする。なぜ、そのような錯覚に取りつかれるのか。それは現在の安定的な生活を失うことへの惧れなのか。

『号泣する準備はできていた』などで自己を誤魔化さずに生きぬくことを描いていた江國が、本書において古典的日本女性をあえて描こうとしたのか理解できない。これが目下のわたしの憂鬱である。（元・韓国全北大学教授）

『すきまのおともだちたち』——成熟のない世界の中で——

久保田裕子

〈すきまのおともだちたち〉とは女の子とお皿。新聞記者をしていた二十代の〈私〉は、その後の人生の折々に、何の予感も脈絡もなく、時間の、人生の〈すきま〉に落ち込んでは〈おともだちたち〉と再会する。恋人と結婚し、子供や孫も生まれるが、その間九歳の女の子は成長せず、お皿はときに砕け散ってしまうものの、かけらを繋ぎ合わせれば再生する。〈私〉に流れている人生の時間は〈おともだちたち〉の住む世界には流れていない。この世界の中を走る汽車の駅の隣町の外側の世界が存在しないように、空間的にも時間的にも閉じられたパラレルワールドだが、そこには閉塞感や孤独感は見られない。〈私〉は戸惑いながら、〈旅人〉であり、〈お客さま〉となることを受け入れ、一時的滞在者として彼女たちとの〈すきま〉の時間を生きていく。

『おさんぽ』（白泉社、02・7）という絵本は本作と同じ江國香織・作、こみねゆら・絵のコンビで、こみねのイラストでは繊細な色遣いで、小さな目鼻、細々とした手足の女の子の姿が描かれている。女の子は自分で手に入れた〈レースのたくさんついたきれいなスカート〉を切って、もぐらやへびの要望に答えて〈あっさりと〉分け与えてしまう。彼女はお気に入りのものを自分で手に入れる力と、〈おんなのこはけちではありません〉から、それを人にあげる自由を持っている。〈小さな手提げにサングラスと飴とシャベル〉を入れておさんぽに出かける彼女は、実用的生活力があり、子供と大人という相反する要素を併せ持っている。

そして『おさんぽ』の続編である『すきまのおともだちたち』（白泉社、05・6）の女の子自身もまた、突然見知らぬ世界に投げ込まれ、戸惑ったあげくに〈考え〉〈調べ〉、その結果今いる場所が自分の家に違いないことを確信すると、架空の両親の墓を作って埋葬する。そして少しのお金を元手に自給自足のための野菜とお小遣いのためのレモンの木を植え、針仕事を生活の糧にする。何でも自分ひとりで始末をつける。別の世界に投げ込まれた〈私〉もまた、恋人や仕事と切り離されたことに動転し恐慌をきたしたものの、〈現実をありのままにうけいれるの。そして元気をださなくちゃいけないわ〉という女の子の言葉に励まされたかのように、この世界で過ごすことを受け入れていく。誇り高いお皿がお屋敷を抜け出した冒険の思い出を聞き、〈冷たいとり肉をはさんだサンドイッチ〉の昼食、〈ウエハースとミルクの夜ごはん〉を楽しみ、サーカスに子豚と熊と小さな女の子の曲芸を見に行ったり、楽しく心地よいものたちに囲まれた、快適な日々だった。

異界と遭遇し、現実世界と往還するという構造は、ファンタジー的作品によく見られる。異界では人語を解する動物が登場したり、現実とは速さの違う時間が流れていて、そこで起こった時間は現実世界では一瞬のことだったり、あるいは長い時間が経過していることもある。そこは現実世界の秩序を越えた自由な世界であると同時に困難が待ち受けていて、子供時代という猶予と保護を約束された近代的時間は流れていないため、子供といえども情け容赦のない試練に投げ込まれる。また現実世界と異界との境界は明確に設定され、例えばC・S・ルイスの『ナルニア国物語　ライオンと魔女』では箪笥の扉が異界への入口であり、宮崎駿のアニメ『千と千尋の神隠し』においても、トンネルがファンタジーの世界と現実世界とを分かつ場所になっていた。向こう側の世界において、子供たちは困難を乗り越え、成長を遂げて現実の側に戻ってくる。ミヒャエル・エンデの『はてしない物語』（『エンデ全集5　はてしない物語下』上田真而子・佐藤真理子訳、97・7、岩波書店）の最後の場面で、ファンタジーの世界から現実世界に帰還した少年は、ファンタジー的世界に〈いけるけれども、そのまま向こうにいきっきりになってしまう人間もいる。それから、ファンタージエンにいって、またもどってくるものもいくらかいるんだな、きみのようにね。そして、そういう人たちが、両方の世界を健やかにするんだ。〉という言葉を聞く。成長し、現実の世界の側に必ず戻ってくることが、いわば倫理的な課題になっている。ファンタジーが子供のための文学としての側面を持つとき、そこには成長・成熟という課題が潜んでいる。子供たちは試練を乗り越えた果てに、再び現実をよりよく生きるために帰還しなければならない。

このようなファンタジーの定型構造から見直すと、『すきまのおともだちたち』にはそれとは大きなずれがあることがわかる。〈すきま〉の世界は現実世界と隔絶しているが、〈私〉は既に大人であり、結婚・出産・孫の誕生というライフイベントも〈何とか平穏無事に〉大過なく乗り越えていく。彼女にとって、時折何の脈絡もなく落ち込む〈すきま〉の時間を往還することは、希薄にしか描かれない現実の生を生きる上で特別な意味を持つようには見えない。さらに物語の中で、女の子は変わることはない。〈何でも一人でてきぱきこなす〉（例外は車の運転だがこれはお皿がやってくれる）女の子の世界は、当初から完結している。大人の〈私〉の迂闊さを叱りながら保護し、〈いきとどいたもてなし〉をする女の子は、現実の九歳の少女とは隔絶した存在である。一方で少女という表象に与えられてきた汚れのなさ、無垢、またそれを補完する属性としての残酷さといったステレオタイプなイメージが投影されているわけでもない。

旅行で訪れる〈寒村〉に住む兄弟もまた、両親が初めからいない、いわば起源を欠いた存在である。それが心理的・経済的な欠落になることはなく、女の子と同様に子供たちだけで自活している。少年も犬に〈新鮮なバターの塊〉を与えて贅沢をさせる生活力を持っている。甲斐性のある子供たちは、親や出自という起源を持たず、閉じられた世界の中で過去も未来も持たない。弱く未熟で、大人の庇護を必要とするような子供像から、彼らは逸脱している。しかも少年は「寒村」の侘しさや寂しさを託つことなく、〈村には村の仕事があって、それはさびれることとだったんだ〉と言う。少年も女の子と同様に、〈反論の余地のない諦念〉を持ちそれを受容する叡智も知っている。〈私〉は女の子に、〈ちょっと風変わりで、物事をあるがままには受け容れられない性質〉と言われるが、全てを今あるがままに受け入れるならば、成長や変容していくことは必要とされない。〈すきま〉の世界は、閉じられた、だからこそ完璧な世界なのだ。

女の子の口癖のような〈あたしは小さなおんなのこ〉という宣言と、〈私〉の察しの悪さを非難するときの、〈生まれたばかりのへびの赤ちゃんにだってわかること〉という言葉にもかかわらず、彼女自身には誕生という起源もなく、だからこそ思い出を持つこともない。そんな女の子を〈私〉は旅に誘うが、女の子は旅について、〈生まれるのと〉〈死んじゃうのと〉〈忘却〉と〈おなじったらおなじー〉と歌う。超時間的存在である女の子は、誕生と忘却を知らないから、死も知らない。〈ミス郵便局〉や〈ミセス緑の靴〉として不意に登場し、また唐突に姿を消してしまう複数の〈私〉の存在は、時間や過去という要素を持ち込むことで、〈過去の思い出〉を女の子にもたらした。いずれ〈私〉が死んでこの世界を訪れなくなったとき、二人の出会いは完全な思い出として女の子の心に残るだろう。子供っぽいが老成した面を持ち、自分で自分の面倒を見られる永遠の女の子は、成長や成熟をしなくても充足して生きられる現代の人間の姿を表しているようにも見える。しかし成熟を知らない者にも死と向き合う時は来る。彼らの豊かさと寂しさと、それを共に受け入れて生きる〈小さな、でも繊細なうえに立派な〉姿を、〈私〉は生と死の運命を持つ者の側から見つめ続けている。

（福岡教育大学准教授）

「ぬるい眠り」――〈青い夕方〉からの脱却の試み――

角田敏康

短編「ぬるい眠り」(『アリスの国』河出書房新社、90・7)は、文芸ムック『江國香織とっておき作品集』(マガジンハウス、01・8)に収録のあと、『ぬるい眠り』(新潮文庫、07・3)と表題作の地位を得た作品である。

主人公の神林雛子が恋人の木島耕介と別れ、新たにトオルという年下のボーイフレンドと付き合いながらも、思いを断ち切れないで過ごす大学四年生の夏の物語だ。閉塞的で行き場のない、恋愛後の日常が描かれている。

雛子が一ヶ月前に別れた恋人の耕介を思い出しているところから作品は始まり、直後にプルキニエ現象が引き起こす印象的な〈青い夕方〉の回想が挿入される。プルキニエ現象が起こると〈不思議な気持ちになる〉のは、〈町が全部、みわたすかぎり青〉く染まっていた夕方に、両親の喧嘩によって母が家を出ていってしまった記憶があるからではないかと雛子は推測している。プルキニエ現象とは、夕暮れ時に青い色が、赤や黄と比べて明るく鮮やかに見える現象のことを言い、人間の目の感度が明所と暗所とで変化するために起る。段々と光量の落ちていく夕方などに、明所で働く錐体から暗所で働く杆体で物を見るようになると、赤や黄よりも青い色の方が効率よく光を捉えられるので比較的明るく見えるのが原因だ。また、その時に、後に〈魂のユウリ〉とトオルの言う現象が雛子の身に起きている。

作中でプルキニエ現象が起きるのは、母の姿を見たのを除いて、〈居間のソファーにあおむけになって〉いる時、トオルとの〈まっぴるまのセックス〉と映画鑑賞を終えたあとの夕方、レンタカーでのドライブの最中、と三回ある。その内、ドライブ中以外のシーンで、〈魂のユウリ〉により耕介とその妻の姿を見ている。ドライブ中にそれが起らなかったのは、前章の最後に〈夏はおわったのだ〉とこれまでの流れと明確な区切りが付けられていることから説明できる。両親の夫婦喧嘩の日も、母が〈冷凍みかん〉を持っていることから夏と言っても良いだろう。つまり〈どうでもいいことばかり思い出す〉夏とプルキニエ現象が、〈魂のユウリ〉を引き起こす一因となっているのだ。もちろん、〈魂のユウリ〉で見た光景が真実だとは限らないので、夏がその要素に加わるかどうかには問題があることは断っておく。

作中、プルキニエ現象で見たのは母と耕介とその妻である。夫婦喧嘩によって出ていった母と、耕介夫妻という観点からすると、それは〈夫婦〉というものを喚起させるのだと言える。つまり、雛子はまだ両親の喧嘩の記憶から逃れられてはいないのである。〈すぐに仲直りした〉とあるが、幼い彼女の心には強烈に焼き付いてしまったのだろう。それが〈離婚訴訟をめぐる子供の立場と現状について〉という自身の卒論のテーマに繋がったのだとしたら、両親が既に離れて暮らしているという可能性も浮かび上がってくる。〈今度こそ雛ちゃんを連れて帰らないとおばちゃんに叱られちゃう〉と雛子を郷里に連れて帰ることに梨花がこだわっている原因も、雛子の母が一人で暮らしているからではないかと推測できるが、〈男の人と住んでいる〉と言えば〈両親〉が激怒すると言っていることから、離婚した可能性は薄まってしまう。

では離婚していないとして、あの〈青い夕方〉の夫婦喧嘩だけが、〈離婚訴訟をめぐる子供の立場と現状について〉を卒論のテーマにするほど強く影響を及ぼしたのだろうか。プルキニエ現象について作品の冒頭で語るということは、少なからず重きが置かれているということであり、実際に作品にとても印象的な効果と色彩を与えている。それと関連しているからこそ、〈夫婦〉もとても重要なテーマになりうるのだが、それにも拘らず、〈そんな記憶のせいか〉といった表現で関連性が曖昧にされているし、〈両親〉という言葉を容易に出したがために離婚の可能性も薄められ、卒論のテーマがそれほどに意味を持たなくなってしまっているのが残念だ。

なぜなら、夫婦と子の関係性というテーマがまさしく作品の底流にあると言えるからだ。まずは離婚に関して、トオルの〈「俺たち、似てないでしょ」〉という台詞によって、その可能性が示唆されている。顔が似ていないからといって血のつながりを否定することはできないし、トオルの単なる無邪気さ、兄弟の絆に裏打ちされた冗談であるのかもしれないが、名前も〈トオル〉と〈冬彦〉とでカタカナと漢字で分かりやすく違いを与えられている点も意図的と言わざるを得ない。

次に、管理人のおばさんとの関係だが、郷里から戻った梨花が、〈「たった二週間で、近所のことがみんなわかっちゃうのよ。どこのおばぁちゃんが入院したとか、どこの夫婦が離婚したとか」〉と田舎のことを言ったのと同じく、管理人のおばさんも〈何号室の誰それは外泊が多いとか、誰がふとんを干さないとか〉と近所のことを〈みんなわかっちゃう〉ように話していること、〈「雛子ちゃんは本当にいい子ね。お母さんは雛子ちゃんみたいな娘を持ってしあわせだね」〉とのおばさんの台詞に対し、〈きっと私の母も、さっきのおばさんみたいなことを思っているに違いない〉と雛子が母を思い出していることなどから、雛子と母の関係が投影されていると言えよう。

そして、夫婦の象徴である結婚指輪を雛子は〈嫌いなのだ〉とはっきりと否定している。これは耕介が妻帯者であることへの嫉妬からではなく、〈てっきり耕介さんも結婚指輪が嫌いなのかと思っていた〉ことから、耕介と出会う前から結婚指輪に対して嫌悪を抱いていたのだと分かる。

以上のように、作中には夫婦と子の形がきちんと描かれている。しかしこうして単なる恋愛小説にとどまらないテーマがあるにも拘らず、作品の最後にプルキニエ現象の起きる時間帯に金色に染まり始めた稲穂の色彩を強調することで、暗所から明所への移動を遂げるという希望を描きながらも、それは耕介との恋愛を終わらせたことに対して得た結末であって、夫婦と子の関係をテーマに据えさせたことへと繋がっている両親の喧嘩の日の記憶からの脱却はなされていない。

それにしても知り合いではなかった頃に新聞配達中のトオルを部屋に入れて〈痛いほど熱いキス〉をしたり、耕介と別れて一ヶ月後、教習所の帰りにトオルとハンバーガーを食べた後、〈おとそう〉とする彼にバイクで送られ、おそらくセックスをしていたりと、雛子の行動は軽率であり、悪女ぶりが目立つ。耕介へは直接的に語られる〈好き〉という感情も、トオルに対しては〈気に入ってい〉るというだけで、〈好き〉という直接的な語は使われない。耕介を忘れられないまま、年下のボーイフレンドを単に可愛がることで耕介からの逃避として関係を続けていく。このようにいい加減な女性として描くことで、夫婦という繋がり、人同士の恋愛としてのつながりという問題が深まっていくのだから、ますますあの〈青い夕方〉からの脱却が求められ、それこそが真の意味での救済、物語の閉幕にふさわしいと言える。

興味深いのは、トオルと冬彦の兄弟を雛子が耕介との別れの瞬間に巻き込んだことだ。そうすることによって、擬似的に父と母と子という関係が再現されているのではないか。それは雛子の姓を〈木島〉と冬彦が間違えることで強調される別姓であるという当然の事実も、雛子と耕介の擬似的な夫婦関係、離婚を暗示していると言えるだろう。子の視点からだけ捉えていた〈夫婦〉を、擬似的ながらも妻の立場で経験したことによって、妻の立場で悩み嫉妬をしたために、〈夫婦〉により近づいた視点を得られたのだと読めば、あの〈青い夕方〉からの脱却も果たされる。

（現代小説研究者）

「がらくた」――田村嘉勝

一、〈語り手〉の反転

「がらくた」は四章からなる。しかし、この作品で特異なのは、作品の〈語り手〉が、「一」「三」章は「原冬子」による語り、また「二」「四」章は「美海（ミミ）」による語りと、一つの作品内で〈語り手〉が統一されていないことである。バフチン流にいえば、いわゆる〈生身の作者〉がいて、その〈生身の作者〉による〈物語を創り出す原理としての作者〉が生まれ、そして、その〈作者〉による〈創り出された、形象化された語り手〉が〈主人公〉を創出するという。「一」「三」が「原冬子」によって語られる一人称小説になっているかと思えば、「二」「四」章は「美海」によって語られる一人称小説になっている。つまり、この操作、即ち、視点の反転は〈物語を創り出す原理としての作者〉によってなされていることになり、立場の異なる「原冬子」「美海」各々に語らせれば、両者から見えてくる様々な現象がより鮮明に描き出せる、そんなねらいがあったのであろうか。

物語内容に立ち入ってみれば、虚構の世界とはいえ、冬子によって「夫には、藤田さん以外にも愛人がいる。私には愛人はいないが、夫以外の男性と寝ることはある」と公言され、実際、彼女は旅先プーケットの海岸で、知りあってまもないミミの父根岸英彦とセックスをする。英彦に同行したミミは二人の関係を察知し、場面の設定をはかる。また、冬子と一緒の彼女の母桐子は、英彦と散歩して帰ったという冬子に「なんだ、つまらない」

と、英彦と冬子の男女関係を予定していたかの発言をする。こういう冬子に、夫である原武雄はバスタブにつかる冬子をじっと見詰めて「俺以外の誰が、最近その身体に触れたのかなと思って」と、「嫉妬ではなく興味を、単純に声に滲ませて」いう。しかし、武雄と冬子の夫婦関係は悪くはない。離婚の危機どころか、むしろ桐子に、あるいは夫婦と何度か食事をしたミミには羨望の、嫉妬する程の関係である。要するに、武雄、冬子夫婦だけの秘密を語るには、主人公である冬子に語らせる以外に方法はなかったということになる。

一方、ミミの場合はどうなるか。十五歳のミミが、九歳の時に根岸英彦と母涼子が離婚。以後、母との生活をしながら、父と会い、父と二人だけの旅行をする。そして、離婚後、母は何人かの恋人との出会い、そのときどきの母の輝かしい生活が如実であったことなど、身近にいるミミでなければ母の日常を詳細に語ることはできない。さらに、三十も年齢が異なる武雄とのホテルでの関係が、ミミ自身によって語られる。異常きわまりないが、ミミの心中や関係までの経緯を語るのはミミ以外にはいない。

この作品の主人公は一体誰なのか、冬子なのか、それともミミなのか。しかし、主人公を詮索してもたいした効果はない。それより、互いに思い通りに生きているかのような武雄・冬子夫婦で、離婚はいつでも可能であるはずだが、彼等は、最も、互いに夫婦を認識し、確認し合っている。それは、冬子でなければ告白のできない内容であって、彼女の語りは、操作上、必要不可欠の要素だった。と、同時に、ミミの語りも同様で、両親が離婚したにもかかわらず、英彦は仕事で飛びまわっているし、涼子は、娘に注意するものの、自分は何人も恋人をつくり、しまいには「年寄りだ。中肉中背、眼鏡、白髪頭」の後藤と同棲するといい出す。そんな状況下のミミが三十も年の離れた武雄に「不行き届きな真似をしてほしいの」と迫り、関係を持つ。このときのミミの心境を理解しているものは誰もいない。ミミの表現を借りて、つまり、ミミの語る内容から、ミミの心境を認識するしかない。
〈物語を創り出す原理としての作者〉が二人の「語り手」を交互に登場させ、語らせたのには、ちゃんとしたもくろみがあった。

二、二人の〈語り手〉が交錯するところ

「三」章の終わりと「四」章の冒頭が内容で重なる。

「三」章は、

「私（注1）の方がお客様みたいね」

（中略）

「何ていうモノだって言った?」
母が訊き、ジャコランタン、ミミがこたえる。私（注2）はそのまるい大きなものをしげしげと眺める。

「四」章は、

「私（注3）の方がお客様みたいね」

（中略）

「何ていうモノだって言った?」

尋ねられ、私は（注4）「Jack-lantern」とこたえた。

（注1）から（注4）は全て田村による。（注1）・（注3）の「私」は「冬子」である。しかし、（注3）の「私」は「冬子」であるが、（注4）の「私」は「ミミ」である。これは、「三」章が冬子によって語られているのに対して、「四」章はミミによって語られていることによる。語り主が変るとこうも物事に対する見方、あるいは注視する内容が変るのかが指摘できる。冬子は「私は自分がミミをまぶしいと思ったことに気づく。ミミの持っているものではなく、持っていないものによる、それはまぶしさだ」と、ミミへの観察になるが、ミミの場合は「（桐子と冬子）姉妹みたいに仲のいい二人を眺めることは、おもしろいし微笑ましいことなのだけれど、同時にすこし、居心地が悪い」と、桐子と冬子への観察となる。明らかに〈語り主〉の反転によって生じた内容である。四十五歳の冬子は、ミミが十五歳であるのに、夫武雄にとっては油断にならぬ女性と思っても明言しない。しかし、十五歳のミミは、何となく、冬子にはしっくりとこないものがある。英彦と冬子との関係かも知れないし、ミミが桐子を独占したいことによるものなのか、それとも冬子が武雄の妻ということによるのかはわからない。いずれにしても、「居心地が悪い」と内心思う。

この両者の立場の相違から生じる「真意」のズレは冬子、ミミのどちらか一方による語りでは、それこそ語り尽くせない内容なのだ。どうしても、両者の「真意」を明かすには、異なる二者による説明が欲しかったと考えられる。

三、〈語り手〉が反転する「きらきらひかる」

江國にとつて〈語り手〉が反転するのは「がらくた」ばかりではない。「がらくた」より十五年ほど前に発表された「きらきらひかる」にすでに方法は見られる。この作品は、「1　水を抱く」をはじめとして十二章からなる。主人公は、内科医岸田睦月なのか、それとも妻笑子なのか断定できない。なぜなら、奇数章の〈語り手〉は笑子によってなされる一人称小説になるし、偶数章の〈語り手〉は睦月によってなされる一人称小説となり、〈語り手〉がそのまま主人公になってしまうからである。各章ごとに反転する〈語り手〉によって語られる物語内容は、やはり、〈語り手〉が語りきれない内容を、もう一人の〈語り手〉が語ることによって補填していく操作になっている。〈語り手〉が一人称であるがゆえに、〈語り手〉が知り得ない、あるいは〈語り手〉の範囲を超えた他者の言説が存在することは当然で、作品本文に、〈語り手〉の疑問として文脈化されている。〈語り手〉である睦月の語りに、

いままで大切にしてきたいろいろなもの、両親や瑞穂さんや、いままで愛してきたそういう人たちのいる場所から、こんなにどんどん孤立しつつあることに、彼女は気がついているんだろうか。

睦月の苦悶であるが、安易に真実を妻である笑子に問いただせない。それは、笑子がまだ「精神病が正常の域を逸脱していない」ためで、兆候が日常的に頻発する。睦月の笑子理解の限界である。これは、次の笑子の言説を待って明かされる。

願いごとを書かずにつるした、最後の一枚だ。それは水色の折り紙で、木の上の方についていた。

「連名にしよう」

私は言い、サインペンで二人分の名前を書いた。睦月は腑におちない顔をしている。

「あのね、ずっとこのままでいられますようにって、このたんざくにはそう願ったの。でも、書いちゃうと効き目が減るような気がしてね、それで白紙の――」

しかし、睦月、笑子が互いを知りあうには限界があり、あえて詮索するには彼等自身の抱える問題が、その詮索を制御・阻止してしまう。結果、相互が苦悶しつつも、他者の発言を待つしかない。作品の操作が作用している。

「がらくた」の初出は、「小説新潮」（二〇〇五・七〜二〇〇七・二）で、二〇〇七年五月に単行本『がらくた』（新潮社）が刊行された。

（二松学舎大学大学院講師）

「左岸」における生の原理――山田吉郎

江國香織の長篇小説「左岸」は、雑誌「すばる」に足かけ六年にわたって連載され（二〇〇二年二月号〜二〇〇七年八月号）、二〇〇八年十月に集英社から刊行された。この作品は、辻仁成との共作で、「すばる」に同期間、辻の「右岸」が連載され、同じく二〇〇八年十月に集英社より刊行された。周知のように、江國と辻はかつて一九九九年に「冷静と情熱のあいだBlu」（辻）「冷静と情熱のあいだRosso」（江國）の共作を角川書店より刊行し、ベストセラーとなり、映画化もなされた。このたびの江國香織の「左岸」は「冷静と情熱のあいだ」の成功を受け、辻仁成の「右岸」とともに、さらに大規模な構想のもとに執筆されたものであった。福岡を舞台に、茉莉と九という幼なじみの男女を共通の登場人物として、少年期に自殺した惣一郎（茉莉の兄）とのかかわりあいをベースに、五十年にわたるそれぞれの生の軌跡を描いた長大な構想の物語である。

連載後の江國と辻の対談「コラボレーション小説再び」（「青春と読書」二〇〇八年十一月号）では、「壮大なライフストーリー」（辻）を志向し、「時間というのはテーマの一つ」（江國）であったと述べられている。ただ、この対談で辻が「『冷静と情熱のあいだ』みたいにぴしっと『構成』を決めてやることはしなかったんだよね。最初と最後は決めてあとは自由に時々連絡とって緩やかにいこうよって。それでかえって難しくなったことはあったかな。」と述べているように、その構成は各自の自由度の高いものであった。それが結果としてどのようにあらわれているかは興味深いところである。連載された「すばる」誌上で毎号「左岸」と「右岸」をあわせて読んでいた読者はある意味で理想的な鑑賞の形をとっていたであろうが、いったん単行本の形となってしまうと、読者は小刻みに両者を併行して読んでゆくことはむずかしい。基本的には「左岸」か「右岸」かどちらかの小説を読み通し、しかるのちにもう一方の小説に移るしかないようである。この小稿でも、まとまった一個の小説として「左岸」を重点的に取り上げ、それと比較する形で適宜「右岸」に論及することにしたい。

さて、江國香織の「左岸」は、茉莉という一人の女性の五十年に及ぶ人生を描き通した作品である。冒頭は、十七歳になった茉莉が隆彦という男性と東京へ向かって家出する場面である。辻の「右岸」が主人公祖父江九の生誕から語り始められ、茉莉へのつよい恋情が描かれているのとは大きな違いである。もっとも「左岸」でも、回想という形ですぐに茉莉の生い立ちが語られるから、一見大きな違いはないようでもある。しかしながら、十七歳の茉莉が家を捨てて男とともに上京する場面から「左岸」の小説世界が構築されているところには、この小説が基本的に大人の女性の五十代に至る歩みを描ききる点に眼目のあったことがうかがわれる。その結果として、茉莉と九の関係について辻の「右岸」と江國の「左岸」にはやや異なった印象がある。「右岸」の九が示す茉莉への持続的な恋情に対し、「左岸」の茉莉の方が九に対してはやや浅い位置にとどまっているように思われる。

つまり江國香織「左岸」は、十七歳以降の、いわば大人の女性の生の軌跡をたどることを基本的な骨格としながら、併せて過去にフィードバックする形式をとって主人公茉莉の生の根源が語られるのである。この二層の叙述の位相は少なからず相違しており、前者が数人の男性との出会いと別れを織り込みながら一人の女性の生々しい人生の跡を刻んでゆくのに対し、後者の子ども時代を語った部分は、前者の人生描写に対して、ある種の生の原理を語った神話に近いものではなかろうか。その証左として、茉莉が自殺した兄の惣一郎に聞かされた言葉は、まさに茉莉の生涯を通して心の中に浮かび上がってくるし、茉莉が普段の何気ない時に兄の声や気配を感じとることも実にしばしばなのである。そこには、さらに霊的な感覚も感じられなくはない。

事実、辻の「右岸」では、祖父江九がスプーン曲げの能力で有名になるなど超能力や霊的感覚がふんだんに描かれて、周りの崇拝者たちにまつりあげられるさまが語られており、そうした辻の発想との「コラボレーション」が意図されているかに思われる。が、江國の「左岸」においては、超現実的感覚は一定の節度をもって描かれている。私見によれば「左岸」の茉莉の心の領域には、基本的に現実的な認識の枠がはめられているように思う。「左岸」では、茉莉と兄惣一郎との交感は、たとえば次のように描かれている。

「ここで寝ていい?」

茉莉が訊くと、惣一郎が、

「仕方ないな」

とこたえるのがわかった。かつては「いいよ」だったのに、惣一郎はもうそういうふうにはこたえない。茉莉にとって、それは兄が生きているしるしだった。この部屋の中で、惣一郎は茉莉とおなじだけ時間を重ね、茉莉とおなじだけ年をとっていく。ちゃんと。

ここで語られているのは、茉莉とともに「時間を重ね」「年をとっていく」兄惣一郎の存在である。その兄は、その後の茉莉の長い人生の所々で、「チョウゼンとしていればいい」「遠くに行くんだ」と声をかける。茉莉はその兄の声に押されて、現実を生きてゆく。この兄の声は茉莉の人生を、ある意味で律してゆく。福岡、東京、パリをわたり、少なからぬ男性たちとかかわり合いながら、前へ前へと生きてゆく。

前へ前へ進む。茉莉はそう決めている。惣一郎の言う「遠く」とは、そういうことではないのだろうか。

過去は見ない。いなくなった母親なんか、もう絶対に捜さない。

柴田始の子をみごもり、入籍を前にして、失踪した母親を思っての言葉だが、この前進的な生の姿勢が茉莉という人間の鮮烈な特色である。この前進的な生活感覚が、小説「左岸」全篇を貫いており、読者の共感を呼ぶところであろう。野崎歓の書評「対岸からの眺望を求めて―辻仁成『右岸』、江國香織『左岸』」（「すばる」二〇〇八年十二月号）が以下に鋭く論じるように、「『左岸』の物語の聡明さは、たしかに『あばずれ』的な部分があるのかもしれないヒロインの生き方を、実はむしろごく正直でまっとうな、つつましくも健康な女の生き方として、ことさら劇的に扱うことをせず、さらりととらえる視線にある。」と言えるであろう。

なお、亡き兄の声に押される茉莉の生き方から、どこかしら宮沢賢治『銀河鉄道の夜』のカムパネルラの死に押されるジョバンニを連想しないこともなかったが、しかしながら茉莉の生き方のほうが太く前進的な感がある。

やがて一人娘も茉莉のもとを離れ、半生を生きてきた茉莉が兄の声を聞く場面が終結部に描かれる。

あいかわらずあたしは一人ぼっちだ。茉莉は苦笑し、息を一つすいこむと、まぶしく埃っぽいおもて通りを、車の停めてある場所に向って歩き始める。

遠くにきたね。

惣一郎の声がきこえた。

ここに至って、人の生の深いところから生ずる息づかいを感じ、読者の一人として心の動かされるのを覚えた。まっとうな生を歩んできた一人の女性の、おのずから持つ寂しさと、ある種の充足感がここには横たわっていよう。それは、作家江國香織が足かけ七年の歳月をかけて正面から取り組んだ、一人の女性の「壮大なライフストーリー」を造形しえた充足感ともひびき合うものであろう。

（鶴見大学短期大学部教授）

幸福の感触、幸福の時空間——江國香織のエッセイ——

齋藤　勝

江國香織のエッセイ集の中でしばしばで使われている〈幸福〉なる語について述べていきたい。そもそも何を基準にしてエッセイと呼ばれるジャンルに含まれるかという問題もあるのだが、この点については著者自身の発言や初出時の発表形態などを参考にしたい。

自序やあとがきなどで、著者自身の言葉によりエッセイ集と認められている単行本には、『都の子』（文化出版局、94・6）、『泣かない子供』（大和書房、96・5）、『絵本を抱えて部屋のすみへ』（白泉社、97・6）、『いくつもの週末』（世界文化社、97・10）、『泣く大人』（世界文化社、01・7）がある。『絵本を抱えて部屋のすみへ』が、絵本を題材にした書評風の文章で構成されていることから、絵画作品を題材とした『日のあたる白い壁』（白泉社、01・7）や有形無形のものについて述べている『とるにたらないもの』（集英社、03・7）、愛犬と共に音楽を聴く日々を綴った『雨はコーラがのめない』（大和書房、04・5）もエッセイ集ととらえて大した問題はないだろう。

こうして見ると、〈はじめてのエッセイ集〉である『都の子』から『雨はコーラがのめない』までの十年間、エッセイ集がコンスタントに刊行され続けていたことがわかる。そして、これらのエッセイ集すべてにおいて、〈幸福〉なる語が少なからず使われている事実は大変興味深い。

多くの幸福論がするように、江國香織も〈快楽〉としての〈幸福〉を取りあげている。それは特に、ものを必要以上に、あるいは実用的ではなく、〈贅沢〉に使うこととしてあらわされている。具体的には、バターを大量に使うこと（「贅沢なかたまり」『泣く大人』）であったり、帽子を日よけでも防寒でもなく〈ただただ愉しみのため〉に身につけること（「帽子」『泣く大人』）であったりする。これらの〈役に立たないこと、幸福な無駄〉が〈日常的に必要〉であるところに、自身の〈贅沢〉があるとも説明されている（「優雅なる退屈」『泣く大人』）。

一方で、即実用とも言い切れないが、やや切実な感覚として、寒さの中に感じるあたたかさも〈幸福〉といわれている。寒い日のこたつ（「雪の日の愉しみ」『都の子』）や寒い朝のチョコレートと揚げ菓子（「くれあ」『都の子』）、冷え込んだ夜のキャンプファイヤー（「幸福な気持ち」『泣かない子供』）、さらには冬の日のオーバー（「オーバー」『とるにたらないもの』）などがその代表的な例としてあげられる。こうした感触と正面から向き合ったものに「感情の温度」（『都の子』）がある。〈寒いときのあたたかさの記憶、というのは幸福なものばかりだ。〉というのだが、こうした記憶は〈暑い日の涼しさの記憶〉には縁のないもので、〈「快感」〉や〈「救済」〉があっても、〈「幸福」とは全然ちがう〉ものであり、〈幸福、というのはもっと内側の何かなのだ。〉と推定されている。ここで重要なのは、暑さから開放されるのとは違う、寒さから護られている感じ、包まれている感覚、それに伴う安心感といったものである。「勇気」（『泣く大人』）では、〈幸福な瞬間をたくさん持つと、人は勇敢になると思う。自分の人生に対する信頼、しか勇気にはならない。何かに護られて在る、ということ。宗教のある人は、だから勇敢になりやすいと思う。うらやましい。〉と、この点がかなり意識的に示されている。

宗教への信仰を軸にした幸福論は数多く書かれている。一方で、江國香織のようにその効力を認めながら、一線を引いた位置から書かれた幸福論に福田恆存の『幸福の手帖』（新潮社、56・12）がある。福田恆存は〈特定の宗教に帰依できなくても〉〈人間や歴史より、もっと大いなるものを信じるということ〉〈最後には神を信じること〉が、〈「自信」〉につながり、〈幸福への余地〉へもつながるといっている。江國香織の発想法は、これとは逆で〈幸福な瞬間〉をたくさん持つことにより、人は自信を持ち、勇気を持つこともできるとしている。この逆転は〈宗教のある人〉を〈うらやましい〉と思う気持ち、即ち自分には信仰や自信を先行させることはできないという自覚があるからこそ起こり得るもので、そのために〈幸福な瞬間〉を多数持つことで〈護られて在る〉ことを自覚しようとしているのである。

包まれることにより護られている感覚を持ち、安心を覚える傾向が強い一方で、単色ではないこと、雑多性、雑種性を確認することにも〈幸福〉は感じられている。一晩中飲み明かした後、暗い店から外へ出た時に感じる〈早朝のグレイッシュな空気〉を吸う時にも〈幸福だな〉との感慨を覚え、〈曇った日のあのグレイッシュな空気の透明感や緊張感や美しさには、晴れた日のそれなど足元にもおよばないものがある〉。そこにこそ〈世界が正しいバランスを保っている〉といった安心感が持てるというのである（「グレイッシュ」『都の子』）。こうした〈幸福〉は別に、〈ハピネスではなく、かすかな日ざしのようなもの〉とも説明されている。〈仄暗い場所〉における〈日ざしの匂い〉にこそ感じられる幸福。それこそが自信や信仰から〈幸福〉へと入っていくことのできない者の、不安やマイナス面を容認した上で、その中に感じることのできる〈幸福〉なのである（「日ざしの匂いの、仄暗い場所」」『泣く大人』）。

初期では、〈幸福〉は瞬間的なものとして感受されることがほとんどなのであるが、だんだんと〈幸福なプロセス〉（「大きな絵本」『絵本を抱えて部屋のすみへ』）も意識されるようになってくる。これは結婚生活を意識して書かれた『いくつもの週末』において、もっとも顕著であり、〈物語が幸福なのは、いくつもの可能性のなかから一つが選ばれていくから〉（「桜ドライヴとお正月」）〈どうして結婚したのかとよく訊かれるが〉〈いま思えば、愛情と混乱と幸福な偶然の果てに自分用の男のひとがほしかった気がする〉(「ジプシーだったころ」)といったかたちであらわれている。

こうした時間感覚上の、プロセスとしての〈幸福〉は過去や現在を意識したものであるが、さらには未来を意識する想像としての〈幸福〉も加えられていく。『日のあたる白い壁』では、ユトリロの絵画作品「雪の積もった村の通り」を〈普段よりもっとお茶を必要とする状態――普段よりつらい状態――は、このとき、普段よりも幸福なお茶をのめる好機到来の状態、として機能している。〉と評している。そしてそれは〈連想もしくは想念の力なのだろう〉(「ユトリロの色」)と推定している。これに類する感覚としては、〈夜ごはんの約束のために夕方仕度をしている、という状況はとりわけ幸福だ。空腹をたのしみながら仕度をし、じきに行く店の様子や料理の皿、テーブルの向うにいる人の顔などを想像する。〉(「仕度」『とるにたらないもの』)や〈特別な幸福ではなく、たとえば子供のころ、ながいお休みの中の一日に、まだ休みはいっぱいある、と思ってひそかににんまりする気持ち。〉(『雨はコーラが飲めない』)などがあげられるが、ここに働いているのは実感する〈幸福〉のみにとどまらない、〈幸福〉を想像する力なのである。

想像する〈幸福〉は、未来を想像する感覚に限らず、『とるにたらないもの』の中でもいくつかあげられている(「ケーキ」「固ゆで玉子」)。こうした感覚の極地は、『雨はコーラが飲めない』の〈十分な世話をうけている犬の描写というものは、それだけで私と雨を幸福にする。〉といった愛犬との共有感覚、さらには〈世界中に犬はいるのだ。その事実もまた、私たちを幸福にする。〉という未だ見ぬものたちとの連帯感にまで及んでいる。包まれるという、一面では閉鎖的な感触から始まり、〈幸福〉は時間も空間も際限なく広がっていくのである。

(東洋大学大学院博士後期課程単位取得退学)

江國香織　主要参考文献

大坂怜史

単行本

『〈新潮ムック〉江國香織ヴァラエティ』（新潮社、02・3）

酒井英行　『江國香織　ホリー・ガーデン』（沖積舎、08・11）

雑誌特集

「MOE」（01・9）「〈巻頭大特集　MOEだけの書きおろし作品&インタビュー〉憧れの女性作家　NO・1　江國香織の世界を100% 楽しもう」

「一冊の本」（02・12）「〈特集　江國香織の世界　いつか記憶からこぼれおちるとしても〉「清潔なかたち」をした少女たち」

「キネマ旬報」（06・5）「巻頭特集「間宮兄弟」」

論文・評論

田中貴子　「虫愛づる姫君の末裔」（「文学界」98・7）

吉田司雄　「江國香織から遠く離れて」（「工学院大学共通過程研究論業」01・11）

加藤純一　「第二十一回　江國香織著　「綿菓子」「温かなお皿」」（「食の科学」02・7）

菊池千恵　「江國香織の考察」（「日本文学ノート」03・7）

池田真奈美　「江國香織論」（「藤女子大学国文学雑誌」03・7）

南　恵理　「江國香織　姉妹というモチーフ」（「筑紫語文」06・10）

久保翔子　「江國香織『きらきらひかる』から見る夫婦と恋愛」（「長野国文」09・3）

小柳しおり　「児童文学からの出発—江國香織『神様のボート』論」（「武蔵野大学大学院人間社会・文化研究」09・3）

安元香織　「江國香織の「児童文学」と「大人の文学」との境界」（「日本文学誌要」09・7）

書評・解説・その他

俵　万智　「《読書》きらきらひかる　江國香織著　奇妙な二人の愛を描く」（「朝日新聞」91・6・9）

——「〈BOOKS WEEKLY〉江國香織著　きらきらひかる　愛の奇談にポエジーあふれ」（「読売新聞」91・6・24）

——「〈著者インタビュー〉「温かなお皿」江國香織さ

ん」（「クロワッサン」93・9・10）
今江祥智　「解説」（『きらきらひかる』新潮文庫、94・6・1）
――　「〈著者インタビュー〉「ホーリー・ガーデン」江國香織さん」（「クロワッサン」94・12・10）
川島　誠　「解説」（『こうばしい日々』新潮文庫、95・6・1）
園田恵子　「〈すばるBook Garden〉ホーリー・ガーデン江國香織」（「すばる」95・7）
川本三郎　「解説」（『つめたいよるに』新潮文庫、96・6）
小田島久恵　「切なく親しげな家族の風景を描く透明感の高い小説。だが……！『流しのしたの骨』江國香織」（「SPA！」96・9・18）
――　「〈著者インタビュー〉「『流しのしたの骨』江國香織さん」（「鳩よ！」96・10）
江國香織・古山敦子・川野真由美・森島佳織　「〈対談〉『落下する夕方』江國香織vs野村投資信託」（「Voice」97・3）
江國香織・俵万智　「〈対談〉恋愛が女をつくる」（「婦人公論」98・1）
齋藤英治　「解説」（『ホリー・ガーデン』新潮文庫、98・3）
江國香織・灰谷健次郎　「〈対談〉小説を書こう」（「本の旅人」98・4）
――　「〈著者インタビュー〉「いくつもの週末」江國香織さん」（「クロワッサン」98・4・25）
――　「〈著者インタビュー〉江國香織「すいかの匂い」」（「UNO」98・6）
髙樹のぶ子・江國香織　「〈対談〉家族、この異様なるもの」（「すばる」98・10）
石坂浩二・江國香織・福井恵樹　「〈三人閑談〉絵と言葉が織りなす絵本の世界」（「三田評論」98・10）
雨宮塔子　「『すいかの匂い』『きらきらひかる』江國香織著　大切な〝匂い〟がちりばめられた作品。」（「tarzan」98・10・14）
春岡勇二・田沼雄一・会津直枝　「特集　落下する夕方」（「キネマ旬報」98・11・15）
野中　柊　「解説」（『都の子』集英社文庫、98・11）
折笠由美子　「〝なぜ書かざるをえないか〟作品を貫く一つの基調として語られる」（「週刊読書人」99・1・22）
寺田和代　「〈ロング・インタビュー〉江國香織　うたかたの日々」（「鳩よ！」99・2）
三木　卓　「解説」（『なつのひかり』集英社文庫、99・5）
合津直枝　「解説」（『落下する夕方』角川文庫、99・6）
辻仁成・江國香織　「〈対談〉作家が共作するということ『冷静と情熱のあいだ』をめぐって」（「本の旅人」99・10）

斎藤みち子「〈著者インタビュー〉『神様のボート』江國香織さん」（「ミセス」99・10）
福尾野歩「読語ライブ」（『流しのしたの骨』新潮文庫、99・10）
江國香織・辻仁成「〈対談〉行くべきか、行かざるべきか。あなたならどうする！　障害のある恋に直面した時。」（「an・an」99・12・17）
江國香織・長田弘「〈対談〉特集　幼年童話から子どもがみえてくる　その2」（「母の友」00・2）
唯川恵・江國香織「〈対談〉恋愛、結婚、そして生活」（「青春と読書」00・5）
角田光代「〈すばるBook Garden〉花のかおり、水の底の蛤　江國香織『薔薇の木　枇杷の木　檸檬の木』」（「すばる」00・6）
江國香織・斎藤綾子「〈インタビュー〉途方もなく幸福で途方もなく不幸　恋愛すること　恋愛を描くこと」（「鳩よ！」00・6）
中条省平「〈読書〉ベストセラーズ快読　深いニヒリズムに満ちて『薔薇の木　枇杷の木　檸檬の木』江國香織著」（「朝日新聞」00・6・18）
俵　万智「香織さんへ」（『泣かない子供』角川文庫、00・6）
川上弘美「江國さんのひみつ」（『すいかの匂い』新潮文庫、00・7）
福田和也・江國香織「〈新潮クレスト・ブック創刊2周年記念対談〉『朗読者』をめぐって」（「波」00・8）
櫻井秀勲「現代女流作家への招待　最終回　江國香織・荻野アンナ・柳美里とその作品」（「図書館の学校」00・10）
徳永京子「〈インタビュー〉江國香織　絶望しているのが大事。だから何かが起こりうる」（「SPA！」00・11・1）
小野　明「解説」（『本を抱えて部屋のすみへ』新潮文庫、00・12）
村瀬士朗「三角関係〈＋レズ／＋ゲイ〉―川端康成『美しさと哀しみと』／江國香織『きらきらひかる』」（「国文学　解釈と教材の研究」01・2）
光野　桃「江國香織『ウエハースの椅子』」（「週刊文春」01・3・1）
後藤繁雄「〈インタビュー〉第三の言葉、恋、外へ出る言葉」（『彼女たちは小説を書く』「メタローグ」01・3）
久世光彦「『ウエハースの椅子』江國香織著　繊細なバランスの〈少女小説〉」（「朝日新聞」01・4・15）
長野まゆみ・江國香織「〈対談〉徹底的に孤独な子供たち」（「文芸」01・5）

井上荒野「解説」(『いくつもの週末』集英社文庫、01・5)
中条省平「〈Book Review〉複数の主人公が交錯する犯罪小説奥田秀朗の『邪魔』は傑作だ。その手法はアメリカ最先端の映画「トラフィック」と通じあい、同じハリウッドの「マグノリア」と江國香織との共通点も示唆する。」(「論座」01・6)
丸山 俊「江國香織」(川村湊・原善編『現代女性作家事典』鼎書房、01・9)
江國香織・若林真理子・楠かつのり「〈対談〉言葉に宿るもの」(「すばる」01・9)
――「〈書評〉今月のいけにえ本『落下する夕方』」(「ダ・ヴィンチ」01・9)
角田光代「解説」(『ぼくの小鳥ちゃん』新潮文庫、01・12)
斎藤美奈子「〈斎藤美奈子の誤読日記81〉番台に座って恋愛を眺めれば」(「週刊朝日」01・12・21)
――「Best 30 恋愛小説 江國香織強し。21世紀はこの作家の恋愛モードに!」(「ダ・ヴィンチ」02・1)
寺田伸子「甘く、狂おしく、切ない、〝道ならぬ恋〟のものがたり。 江國香織」(「Hanako」02・1・16)
篠崎絵里子「〈ブック&コミック〉東京タワー 江國香織」(「SPA!」02・1・22)
斎藤美奈子「〈連載―百万人の読書32〉『悪寒と発熱のあいだ』と改題したい世紀の正統派「××小説」」(「月刊百科」02・2)
庄野潤三・江國香織「〈新春対談〉静かな日々」(「新潮」02・2)
俵万智・江國香織「〈対談〉美術館はおとなの愉しみ ときには言葉から解き放たれ、絵画と戯れよう」(「文芸春秋」02・2)
荒井良二・江國香織・小野明「〈対談〉絵本、作るよろこび 読む楽しみ」(「ユリイカ」02・2)
江國香織・川上弘美「〈対談〉いつもと同じ春ではなくて」(「小説新潮」02・3)
江國香織・唯川恵「〈対談〉恋と愛について語ろう 等身大の女性たちや恋愛を描き、圧倒的支持を受けている二人が語る、恋について、愛について…。」(「新刊展望」02・4)
角田光代「〈今月の本棚〉彼女たちが口へとはこぶもの 江國香織『泳ぐのに、安全でも適切でもありません』」(「すばる」02・5)
加藤典洋「現代小説論講義[第12回] 江國香織『流しのしたの骨』(前編)」(「一冊の本」02・6)
後藤繁雄「あたしたちはますます動物になる。江國香織さんの小説を読む」(「FRu literature」02・5・14)

加藤ナオミ「江國香織　この短編集のタイトル、私の人生にも看板として立てておきたい（笑）」（「コスモポリタン」02・6）
山本圭子「短編集『泳ぐのに、安全でも適切でもありません』で浸る江國香織ワールド」（「MORE」02・6）
おおくにあきこ「何気ない暮らしの情景がせつなく胸を打つのはなぜ？　江國香織さん」（「LEE」02・6）
加藤典洋「現代小説論講義［第13回］江國香織『流しのしたの骨』（後編）」（「一冊の本」02・7）
長部日出雄・北原亞似子・久世光彦・花村萬月・山田詠美「第十五回　山本周五郎賞選考会記録」（「小説新潮」02・7）
――「百人　今月のいけにえ本『冷静と情熱のあいだ Rosso』江國香織『冷静と情熱のあいだBlu』辻仁成」（「ダ・ヴィンチ」02・7）
山下明生「解説」（『神様のボート』新潮文庫、02・7）
浜田敬子「「少女大人」で江國香織が人気　作品だけじゃなく彼女が好きな女性たち」（「AREA」02・7・29）
江國香織・嶽本野ばら「〈対談〉恋愛小説の醍醐味は「絶望」と「奇跡」の中に」（「婦人公論」02・10・22）
町田多加次「解説」（『すみれの花の砂糖づけ』新潮文庫、02・12）
斎藤美奈子「作家コラム②　江國香織　ピュアな気持ちを持ち続ける童話癒しL文学の大御所」（『L文学完全読本』マガジンハウス、02・12）
山田詠美・江國香織「〈新春特別対談〉恋愛小説の愉しみ、恋愛の醍醐味」（「IN・POCKET」03・1）
唯川　恵「解説―恋の魔法、小説の魔法」（『薔薇の木枇杷の木　檸檬の木』集英社文庫、03・6）
小澤征良・江國香織「〈対談〉暮らしを彩る、とるにたらないものもの」（「青春と読書」03・8）
――「〈新刊・近刊ピックアップ〉江國香織著　薔薇の木　枇杷の木　檸檬の木」（「週刊読書人」03・8・1）
穂村　弘「魔女の愛　江國香織『とるにたらないものもの』」（「すばる」03・9）
山本圭子「〈ホワッツアップ〉江國香織さんと、愛すべき『とるにたらないものもの』との素敵な関係」（「MORE」03・11）
井上荒野「曖昧なナイフ―江國香織『号泣する準備はできていた』」（「波」03・11）
――「〈対談〉阿川佐和子のこの人に会いたい　525回　江國香織（第130回直木賞受賞作家）」（「週刊文春」04・3・11）
江國香織・金原ひとみ「〈対談〉話はどこか怖くなる

江國香織　金原ひとみ」（「すばる」04・4）
――「〈BOOK WONDERLAND〉POST 著者に訊け！　江國香織氏『号泣する準備はできていた』」（「週刊ポスト」04・4・30）
小澤征良「〈インタビュー〉ゲスト江國香織さん　昔の夢、今の夢⑤」（「ミセス」04・5）
金原瑞人「解説」（『ウエハースの椅子』ハルキ文庫、04・5）
河瀬直美「〈河瀬直美の本棚より6〉『スイートリトルライズ』江國香織著」（「なごみ」04・6）
角田光代「『思いわずらうことなく愉しく生きよ』江國香織」（「週刊朝日」04・7・23）
小澤征良「真夜中のひそひそ話」（『泣く大人』角川文庫、04・8）
川本三郎「言葉のなかに風景が立ち上がる　連載第10回　旅する母と娘　江國香織」（「芸術新潮」04・11）
丸山あかね「江國香織　どの作品からも日向の匂いがする。」（「潮」05・1）
藤原理加「〈インタビュー〉江國香織「結婚って、半分は幸せ、半分は罠」」（「野生時代」05・1）
――「特集「tokyo tower 東京タワー」」（「キネマ旬報」05・1）
江國香織・小山鉄郎「〈ロング・インタビュー〉「赤い長靴」と夫婦の不思議」（「本の話」05・2）
江國香織・角田光代「〈対談〉恋する者はいつも荒野にいる」（「文芸」05・2）
江國香織・荒井良二「特別な二人の特別な絵本。『いつか、ずっと昔』」（「non・no」05・2）
江國香織・黒木瞳「〈対談〉恋することから始めよう」（「グラツィア」05・2）
山田詠美「解説」（『泳ぐのに、安全でも適切でもありません』集英社文庫、05・2）
吉田　司「女の欲望の表現者・江國香織のミーイズム文学を解体する」（「エタクシー」05・3）
東　直子「「赤い長靴」江國香織　「なんでもなさ」の残酷さ」（「文学界」05・3）
菊池陽子「江國香織　〝二人でも孤独な私〟〝好きになれない私〟のために」（「FRaU」05・3・8）
小山鉄郎「「齟齬」からこぼれる笑み」（「小説トリッパー」05・3・30）
松原隆一郎・福田和也・鹿島茂「〈鼎談書評（22）〉櫻井よしこ『何があっても大丈夫』中西輝政『アメリカ外交の魂　帝国の理念と本能』江國香織『赤い長靴』」（「文芸春秋」05・4・1）
越智良子「〈インタビュー〉with entertainment PARK

淋しさと温かさをはらむ、夫婦関係の不思議　江國香織」（「with」05・4・20）
御茶屋峠「江國香織『赤い長靴』「ほんとうのことのさきに在るもの」（「oeuf（ウフ）」05・4）
細貝さやか「〝わかり得ない孤独〟を抱えて　江國香織『赤い長靴』」（「すばる」05・4）
金原瑞人「なにがこぼれおちてしまうのだろう」（「一冊の本」05・11）
江國香織・井上荒野「〈対談〉ようこそ！　大人の絵本の世界へ　マドンナが教えてくれたこと」（「コスモポリタン」05・11）
――「〈インタビュー〉松尾たいこ×江國香織　人生のどこかで見た風景をイラストと文章で表現した画文集。」（「Hanako」05・11・2）
石井睦美「解説　個人的なあまりに個人的な……」（『いつか記憶からこぼれおちるとしても』朝日文庫、05・11）
前野裕一「森田芳光組「間宮兄弟」篇（1）」（「キネマ旬報」06・3・15）
源　孝志「解説　厄介で純粋な恋愛小説」（『東京タワー』新潮文庫、06・3）
前野裕一「森田芳光組「間宮兄弟」篇（2）」（「キネマ旬報」06・4・1）
前野裕一「森田芳光組「間宮兄弟」篇（3）」（「キネマ旬報」06・4・15）
前野裕一「森田芳光組「間宮兄弟」篇（終）」（「キネマ旬報」06・5・1）
佐々木敦子「解説」（『とるにたらないものもの』集英社文庫、06・5）
江國香織・古川日出男「〈対談〉江國香織×古川日出男　本当の小説の話をしよう」（「小説 tripper」06・6・25）
光野　桃「解説」（『号泣する準備はできていた』新潮文庫、06・7）
遠藤郁子「解説」（与那覇恵子編『現代女性文学を読む』双文社出版、06・10）
五味太郎・江國香織「人間は9歳から変わらない　ふわふわのたましいを学校が壊している」（「婦人公論」06・11・22）
高橋源一郎・江國香織「〈江國香織『がらくた』刊行記念対談〉究極の愛は言葉がつくる」（「波」07・6）
栗田有起「解説」（『思いわずらうことなく愉しく生きよ』光文社文庫、07・6）
荒井良二「解説」（『日のあたる白い壁』集英社文庫、07・6）
大野晋三「解説」（『雨はコーラがのめない』新潮文庫、

07・7）
三浦雅士「解説　永遠の子供たち―江國香織の世界」（『間宮兄弟』小学館文庫、07・11）
池澤夏樹・江國香織「〈『世界文学全集』刊行記念・連続対談〉池澤夏樹×江國香織　子供部屋から始まる世界文学全集で形作られた「私だけの世界地図」」（「文芸」08・2）
青木淳悟「解説　とんでもなく心理小説」（『赤い長靴』文春文庫、08・3）
辻仁成・江國香織「〈対談〉辻仁成×江國香織」（「青春と読書」08・11）
野崎　歓「対岸からの眺望を求めて　辻仁成『右岸』、江國香織『左岸』」（「すばる」08・12）
阿部和重・江國香織「〈連載対談　和子の部屋〉第2回　言葉しか信じられません」（「小説トリッパー」09・6）
石原千秋「〈書き出しの美学〉第十四回　女として読むこと―江國香織『きらきらひかる』」（「本が好き！」09・6）

（近代文学研究者）

江國香織　年譜

角田敏康

一九六四（昭和三十九）年

三月二十一日、東京世田谷区にエッセイストの父江國滋と母勢津子の長女として生まれる。

一九七〇（昭和四十五）年　六歳

世田谷区の区立小学校に入学。

一九七七（昭和五十二）年　十三歳

四月、中高一貫の順心女子学園入学。八十年に同高校進学。文芸部に所属した。

一九八一（昭和五十六）年　十七歳

「金閣寺」角川読書感想文に入選。

一九八二（昭和五十七）年　十八歳

目白学園短期大学国語国文科に入学。

一九八四（昭和五十九）年　二十歳

目白学園短期大学国語国文科を卒業。卒業後に（株）童話屋に勤める。

一九八五（昭和六十）年　二十一歳

三月、「綿菓子」（「ユリイカ」三月号）今月の作品に掲載。「月の砂漠」に憧れて、チュニジアを旅する。

一九八六（昭和六十一）年　二十二歳

五月、「桃子」投稿採用（「飛ぶ教室」十八号）。六月、「しずかな村がありました」が毎日新聞「はないちもんめ」（婦人子供別冊特集）第3回〈小さな童話〉大賞佳作。八月、「夏の少し前」（「飛ぶ教室」十九号）。

一九八七（昭和六十二）年　二十三歳

二月、「僕はジャングルに住みたい」（「飛ぶ教室」二十一号）。六月から一九八八年の六月までの一年間、米国デラウェア大学に留学する。「草之丞の話」（絵・宇野亜喜良）が毎日新聞「はないちもんめ」第4回小さな童話大賞受賞。八月、「いつか、ずっと昔」（「飛ぶ教室」二十三号）。十一月、「鬼ばばあ」（「飛ぶ教室」二十四号）。

一九八八（昭和六十三）年　二十四歳

二月、「デューク」（「飛ぶ教室」二十五号）。六月、留学より帰国。八月、「夜の子どもたち」（「飛ぶ教室」二十五号）。十一月、「綿菓子」（「飛ぶ教室」二十七号）。

一九八九（平成元）年　二十五歳

二月、「絹子さんのこと」（「飛ぶ教室」二十九号）。五月、「409ラドクリフ」（季刊「フェミナ」創刊号）で第一回フェミナ賞受賞。「九月の庭」（「飛ぶ教室」三十号）。八月、

「桃子」「草之丞の話」を含む処女単行本『つめたいよるに』（理論社　新しい童話シリーズ　絵・柳生まち子）刊。十一月、「メロン」（「飛ぶ教室」三十二号）、「やさしいひとたち」（「フェミナ」三号）、「すいかの匂い」（「小説新潮」に一九九七年八月まで十一編を不定期に連載開始）。

一九九〇（平成二）年　二十六歳

一月「きらきらひかる」（「るるぶ」）連載開始（一九九〇年一月号〜十二月号）。七月、「ぬるい眠り」（『アリスの国』河出書房新社）、九月、『こうばしい日々』（あかね書房　あかね創作文学シリーズ　絵・木村桂子）刊。十一月、『天使のクリスマス』（ほるぷ出版　絵・ピーター・コリントン）翻訳（本人は翻訳とは表現していない）、「放物線」（「すばる」十一月号）。

一九九一（平成三）年　二十七歳

『こうばしい日々』が第三十八回産経児童出版文化賞を受賞。

一月「都の子」〈季節の詩九十一―九十二、四季の詩九十三〉（「ミセス」）の連載を開始（九十三年十二月まで）、「温かなお皿」（「三越lady's Life」に同年十二月まで連載）。二月、「十月のルネッサンス」（「飛ぶ教室」三十七号）、『綿菓子』（理論社　メルヘン共和国シリーズ　絵・柳生まち子）。四月、「報復」（「フェミナ」第九号）。五月、『きらきらひかる』（新潮社）刊　七月、『つめたいよるに』（理論社　メルヘン共和国シリーズ）を八十九年版のサイズを変更した形で出版。十一月、「ことばのつくる空間が好き」（俵万智との対談「飛ぶ教室」四十号）。

一九九二（平成四）年　二十八歳

『きらきらひかる』が第二回紫式部文学賞、『こうばしい日々』が第七回坪田譲治文学賞を受賞。

一月、「ホーリー・ガーデン」（「波」）連載開始（九十三年十二月まで）。四月、『てろんてろんちゃん』（文・ジョイス・デュンバー、絵・スーザンバーレイ　ほるぷ出版）翻訳。六月、対談「絵本をつくるということ」で五味太郎と対談（「MOE」一五二号）、『あかるい箱』（マガジンハウス　絵・宇野亜喜良）刊。十月、「七月の卵」（「飛ぶ教室」別冊）、『いちにち』（ハイディ・ゴーネル　パルコ出版）翻訳、『ときにはひとりもいいきぶん』（ハイディ・ゴーネル　パルコ出版）翻訳。十一月、『くまのプーさんのクリスマス』（文・ブルース＝トーキントン　絵・アルビン＝ホワイト＝スタジオ　講談社）翻訳。十二月、『モンテロッソのピンクの壁』（絵・荒井良二　ほるぷ出版）。『そとはただ春』（詩・E・E・カミングス　絵・ハイディ・ゴーネル　パルコ出版）翻訳、『ペンギンかもしれないな』（ハイディ・ゴーネル　パルコ出版）翻訳。

一九九三（平成五）年　二十九歳

二月『おふろじゃおふろじゃ』（文・ドン・ウッド　絵・オードリー・ウッド　ブックローン出版）翻訳、『おおきなペットたち』（レイン・スミス　ほるぷ出版）翻訳。三月、「なつのひかり」〈小さな運動場〉（「青春と読書」）を連載開始（一九九四年十月まで）。五月、「絵本を抱えて部屋のすみへ」〈てのひらエッセイ〉（「MOE」）を連載開始（一九九六年十二月まで不定期に二十一回）、『おひるねのいえ』（文・ドン・ウッド　絵・オードリー・ウッド　ブックローン出版）翻訳。六月、『夕闇の川のざくろ』（絵・守屋恵子　八曜社）、『温かなお皿』（絵・柳生まち子　理論社）。七月、「があこちゃん」（「飛ぶ教室」別冊）。八月、『一九九九年六月二十九日』（ディヴィット・ウィーズナー　ブックローン出版）。

一九九四（平成六）年　三十歳

一月、「十五歳の残像」〈男図鑑〉（「ミセス」）インタビューエッセイ連載開始（一九九五年十二月まで）。二月、紀行エッセイ「江國香織「嵐が丘」をいく」（「MOE」一七二号）。五月、「落下する夕方」（「野生時代」）連載開始（一九九五年七月まで）。六月、『都の子』（挿画・中村幸子　文化出版局）刊（ミセス誌連載の「季節の詩、四季の詩」を改題）、『きらきらひかる』（新潮文庫）刊。九月、『ホリー・ガーデン』（挿画・カット・荒井良二　新潮社）刊。十二月、「流しのしたの骨」（「鳩よ！」）を連載開始（一九九六年三月まで）、『こぶたちゃん』（文・ドン・ウッド　絵・オードリー・ウッド　ブックローン出版）翻訳。

二月、白田知博氏と結婚。

一九九五（平成七）年　三十一歳

六月、『こうばしい日々』（新潮文庫）刊。八月、『大あらし』（デイヴィット・ウィズナー　ブックローン出版）翻訳。十月、『しろいゆきあかるいゆき』（文・アルビン・トレッセル　絵・ロジャー・デュボアサン　ブックローン出版）翻訳、『おとなになること』（サラ・ミッダ　ほるぷ出版）翻訳。十一月、『なつのひかり』（集英社）刊。

一九九六（平成八）年　三十二歳

三月、『夜がくるまでは』（文・イヴ・バンティング　絵・ディヴィット・ウィーズナー　ブックローン出版）翻訳。四月、『きつねおくさまごけっこん』（絵・ガヴィン・ビショップ　原作・グリム兄弟　講談社）刊。五月、一九八八年からの諸誌掲載のエッセイを集めた『泣かない子供』（大和書房）刊。六月、『つめたいよるに』（新潮文庫）刊。七月、『流しのしたの骨』（イラスト・唐仁原教久　マガジンハウス）刊。九月、「指」（「小説tripper」）。十月、『落下する夕方』（角川書店）刊。十二月、「緑の猫」（「小説tripper」）。

一九九七（平成九）年　三十三歳

五月、「冷静と情熱の間」（「月刊カドカワ」）連載開始（一九九八年二月まで）、「薔薇の木　枇杷の木　檸檬の木」（挿画・水上多摩江「SPUR」）。六月、「落下する夕方」が山本周五郎賞の候補に。七月、エッセイ『絵本を抱えて部屋のすみへ』（白泉社）刊、『海辺のくま』（クレイ・カーミッシェル　BL出版）翻訳。八月十日、父の滋が食道癌により逝去（享年六十二歳）。十月、『いくつもの週末』（挿画・ささめやゆき　世界文化社）刊。十一月、『ぼくの小鳥ちゃん』（絵・荒井良二　あかね書房）が山本有三記念路傍の石文学賞を受賞。

一九九八（平成十）年　三十四歳

一月、「神様のボート」（「小説新潮」）連載開始（一九九九年三月まで）、『すいかの匂い』（新潮社）刊、ラブソングを主題としたアンソロジー『Love Songs』（幻冬舎）の中でユーミンの「Cowgirl blues」をモチーフに執筆する。三月、「とるにたらないものもの」（「すばる」）連載開始（二〇〇二年二月号まで）、『ホリー・ガーデン』（新潮文庫）刊。十月、「すばる」誌上で高樹のぶ子と対談した「家族、この異様なるもの」掲載、『十五歳の残像』（新潮社）刊、『性愛を書く』（ビレッジセンター出版局）刊。十一月、『都の子』（集英社文庫）刊、『しょうぼう馬のマックス』（文・サラ・ロンドン　絵・アン・アーノルド　岩波書店）翻訳。

一九九九（平成十一）年　三十五歳

四月、新・てのひらエッセイ「いちまいの絵」（「MOE」）連載開始、〈私が小説を書きはじめたころ〉「飛ぶ教室のこと」（「小説tripper」春季号）。五月、『なつのひかり』（集英社文庫）刊。六月、『落下する夕方』（角川文庫）刊。『レターズ・フロム・ヘヴン』（文・レイチェル・アンダーソン　絵・荒井良二　講談社）翻訳、『心の小鳥』（文・ミハル・スヌニット　絵・ナアマ・ゴロンブ　河出書房新社）翻訳。七月、『マーサのいぬまに』（ブルース・イングマン　小学館）翻訳、『神様のボート』（新潮社）刊。八月、「ウエハースの椅子」（「俳句現代」）連載開始、『ふりびたくま』（クレイ・カーミッシェル　BL出版）翻訳。九月、『きんいろのとき―ゆたかな秋のものがたり―』（文・アルビン・トレッセルト　絵・ロジャー・デュボアザン　ほるぷ出版）翻訳、『冷静と情熱のあいだ rosso』（角川書店）を辻仁成のblue版と同時に出版。十月、『シェイカー通りの人びと』（文・アリス・プロベンセン　絵・マーティン・プロベンセン　ほるぷ出版）翻訳、『流しのしたの骨』（新潮文庫）刊。十一月、初となる詩集『すみれの花の砂糖づけ』（理論社）刊、「東京タワー」（「鳩よ！」新装創刊号）連載開始（二〇〇一年八月まで）。

二〇〇〇（平成十二）年　三十六歳

四月、『薔薇の木　枇杷の木　檸檬の木』（集英社）刊。六月、『すいかの匂い』（新潮文庫）刊。七月、『神様のボート』（新潮社）が第十三回山本周五郎賞候補に。十一月、『デューク』（絵・山本容子　講談社）刊、『マドレーヌのクリスマス』（ルドウィッヒ・ベーメルマンス　BL出版）翻訳。十二月、『桃子』（絵・飯野和好　旬報社）刊、「幸福きわまりない吐息」「誘拐の手なみ」を加筆した『絵本を抱えて部屋のすみへ』（新潮文庫）刊。

二〇〇一（平成十三）年　三十七歳

一月、「あしたに見る夢」（「ミセス」）連載開始（同年十二月まで）。二月、『ウエハースの椅子』（角川春樹事務所）刊。三月、「鳩よ！」で「特集　ビートルズ　ロックンロールの詩人」に参加、大和書房のホームページにてエッセイ「雨はコーラが飲めない」連載開始（二〇〇三年九月まで）。四月、エッセイ「荒野のニュース」（「ヴォーグJapan」）連載開始（二〇〇二年三月まで）、『ホテルカクタス』（ビリケン出版）刊。五月、『いくつもの週末』（集英社文庫）刊。六月、『Lovers』（祥伝社）に参加。七月、『日のあたる白い壁』（白泉社）刊、『泣く大人』（世界文化社）刊。八月、『江國香織とっておき作品集』（マガジンハウス）刊。九月、「清水夫妻」（「BAILA」十月号）、『冷静と情熱のあいだ』（角川文庫）刊。十一月、映画『冷静と情熱のあいだ』公開。十二月、『東京タワー』（マガジンハウス社）刊。

二〇〇二（平成十四）年　三十八歳

一月、「すばる」二月号に辻仁成の「右岸」と並行して「左岸」の連載開始（二〇〇七年八月号まで）。三月、短編集『泳ぐのに、安全でも適切でもありません』（集英社）で第十五回山本周五郎賞を受賞、十年後の『きらきらひかる』を描いた小説「ケイトウの赤、やなぎの緑」が掲載された『江國香織ヴァラエティ』（新潮社）刊。六月、『どうして犬が好きかっていうとね』（キム・レヴィン　竹書房）翻訳、詩「かんかんでりの真昼」（「ウフ」）連載開始（二〇〇三年八月まで）。『神様のボート』（新潮文庫）刊。七月、『おさんぽ』（画・こみねゆら　白泉社）刊。八月、柴田元幸と浜中利信との共著『エドワード・ゴーリーの世界』（河出書房新社）刊。十月、『3びきのぶたたち』（デイヴィッド・ウィーズナー　BL出版）翻訳、『あかるい箱』（マガジンハウス）復刊。十一月、『いつか記憶からこぼれおちるとしても』（朝日新聞社）刊。『すみれの花の砂糖づけ』（新潮文庫）刊。

二〇〇三（平成十五）年　三十九歳

二月、『オキーフの家』（メディアファクトリー）翻訳。四月、『僕はジャングルに住みたい』（全国学校図書館協議会）刊、詩集『活発な暗闇』（いそっぷ社）刊。六月、『薔薇の木　枇杷の木　檸檬の木』（集英社文庫）刊。七月、『とるにたらないものもの』（集英社）刊。『おひさまパン』（エリサ・クレヴェン　金の星社）翻訳、恋愛対談集『恋の魔法をかけられたら』（角川春樹事務所）刊、『ステラもりへ行く』（メアリー＝ルイーズ・ゲイ　光村教育図書）翻訳。八月、七人の作家の短編を集めた短編集『恋愛小説　ナナイロノコイ』（角川春樹事務所）刊、『LOVERS』（祥伝社文庫）刊。九月、『ホンドとファビアン』（ピーター・マッカーティ　岩崎書店）翻訳。十月、『ゆきのひのステラ』（メアリー＝ルイーズ・ゲイ　光村教育図書）翻訳、魔女のえほんシリーズ、『カプチーヌ』・『小さな魔女のカプチーヌ』（文・タンギー・グレバン　絵・カンタン・グレバン　小峰書店）、『しつれいですが、魔女さんですか』（文・エミリー・ホーン　絵・パヴィル・パヴラック　小峰書店）翻訳。十一月、マドンナの絵本を翻訳した『イングリッシュローズィズ』（ホーム社）刊、短編集『号泣する準備はできていた』（新潮社）が第一三〇回直木賞を受賞。

二〇〇四（平成十六）年　四十歳

三月、『スイートリトルライズ』（幻冬舎）刊。四月、『おやすみサム』・『おはようサム』（メアリー＝ルイーズ　ゲイ　光村教育出版）翻訳。『ジベルニィのシャーロット』（文・ジョアン・マックファイル・ナイト　絵・メリッサ・スウィート　BL出版）翻訳。五月、エッセイ集『雨はコーラがのめない』（大和書房）刊、日本ペンクラブ編集の『ただならぬ午睡』（光文社）で選考と執筆。六月、『うみべのステラ』（メアリー＝ルイーズ　ゲイ　光村教育出版）翻訳、『ホテルカクタス』（集英社文庫）刊、『思いわずらうことなく愉しく生きよ』（光文社）刊。八月、『さびしいくま』（クレイ・カーミッシェル　BL出版）翻訳。九月、『おへやのなかのおとのほん』（文・マーガレット・ワイズ・ブラウン　絵・レナード・ワイズガード　ほるぷ出版）翻訳、絵本『ジャミパン』（絵・宇野亜喜良　マガジンハウス）刊、『間宮兄弟』（小学館）刊。十月、『アメリカのマドレーヌ』（ルドウィッヒ・ベーメルマンス　ジョン・ベーメルマンス・マルシアーノ　BL出版）翻訳。十二月、絵本『いつか、ずっと昔』（絵・荒井良二　ほるぷ出版）刊。

二〇〇五（平成十七）年　四十一歳

一月、『赤い長靴』(文芸春秋)刊、映画『東京タワー』公開。二月、『泳ぐのに、安全でも適切でもありません』(集英社文庫)、ひらがな詩画集『パンプルムース!』(絵・いわさきちひろ　講談社)刊。五月、『マドレーヌのメルシーブック　いつもおぎょうぎよくいるために』(ジョン・ベーメルマンス・マルシアーノ　BL出版)翻訳。六月、『すきまのおともだちたち』(絵・こみねゆら　白泉社)刊。八月、『Friends』(祥伝社)刊、『ステラのほしぞら』(メアリー=ルイーズ・ゲイ　光村教育図書)翻訳。九月、『ふりむく』(絵・松尾たいこ　マガジンハウス)刊。十一月、『いつか記憶からこぼれおちるとしても』(朝日文庫)刊。十二月、『あたしの一生　猫のダルシーの贈り物』(ディー・レディー　飛鳥新社)翻訳。

二〇〇六(平成十八)年　四十二歳

五月、『とんでもないおいかけっこ』(クレメント・ハード　BL出版)翻訳、『いやはや』(メアリー=ルイーズ・ゲイ　光村教育図書)翻訳、映画『間宮兄弟』公開。八月、『マドレーヌとどうぶつたち』(ジョン・ベーメルマンス・マルシアーノ　BL出版)翻訳。十月、『クリスマスのまえのばん』(クレメント・クラーク・ムーア　BL出版)翻訳、『おぞましいりゅう』(デイヴィッド・ウィーズナー　キム・カーン　BL出版)翻訳。

二〇〇七(平成十九)年　四十三歳

二月、『イングリッシュローズィズ2　とてもほんとうとは思えないくらいすてき』(文・マドンナ　絵・ステイシー・ピーターソン　ホーム社)翻訳、『ぬるい眠り』(新潮文庫)刊。五月、『がらくた』(新潮社)で第十四回島清恋愛文学賞を受賞。六月、『なにしてるの、サム?』(メアリー=ルイーズ・ゲイ　光村教育図書)翻訳。

二〇〇八(平成二十)年　四十四歳

四月、五人の作家が同じ一つの小説を描く企画『JOY!』(講談社)刊。八月、『竹取物語』(画・立原位貫　新潮社)刊、五人の女性作家の小説集『甘い記憶　6 Sweet memories』(新潮社)刊。十月、「すばる」誌上で辻仁成が並行して連載していた『右岸』と共に『左岸』(集英社)刊、九人の作家の源氏物語を元にした小説集『ナイン・ストーリーズ・オブ・ゲンジ』(新潮社)刊。十一月、『オズの魔法使い』(文・L・フランク・ボウム　絵・リスベート・ツヴェルガー　BL出版)翻訳。

二〇〇九(平成二十一)年　四十五歳

六月、『スイートリトルライズ』が映画化決定。七月、『グリム童話　カエルの王さま　あるいは鉄のハインリヒ』（画・宇野亜喜良　フェリシモ出版）刊。八月、『マドレーヌとローマのねこたち』（ジョン・ベーメルマンス・マルシアーノ　BL出版）翻訳。九月、『雪だるまの雪子ちゃん』（画・山本容子　偕成社）刊。十月、新装版『ウエハースの椅子』（新潮文庫）刊。十二月、『レターズ・フロム・ヘブン』（レイチェル・アンダーソン　イラスト・荒井良二）翻訳。

（編集者）

現代女性作家読本 ⑪
江國香織

発　行――二〇一〇年九月二〇日
編　者――現代女性作家読本刊行会
発行者――加曽利達孝
発行所――鼎　書　房　http://www.kanae-shobo.com
〒132-0031　東京都江戸川区松島二―一七―二
TEL・FAX　〇三―三六五四―一〇六四
印刷所――イイジマ・互恵
製本所――エイワ
表紙装幀――しまうまデザイン

ISBN978-4-907846-71-8　C0095

現代女性作家読本

（第一期・全10巻・完結）

原　善編「川上弘美」
髙根沢紀子編「小川洋子」
川村　湊編「津島佑子」
清水良典編「笙野頼子」
清水良典編「松浦理英子」
与那覇恵子編「髙樹のぶ子」
髙根沢紀子編「多和田葉子」
川村　湊編「柳　美里」
原　善編「山田詠美」
与那覇恵子編「中沢けい」

【続刊】

刊行会編「江國香織」
刊行会編「長野まゆみ」